ERICH WEIDINGER

Seelenglut

FEUER IM PARADIES Landpolizist Werner Adler begleitet seine geliebte Helena und ihren Sohn Alexandros nach Korfu, wo sie als Patin bei einer griechisch-orthodoxen Taufe fungiert. Die griechischen Begegnungen der dritten Art hätte Werner sich etwas anders und vor allem friedlicher vorgestellt. Er denkt schon an den nächsten Tag, an dem er seinen Dienst aushilfsweise in Unterach, der südlichsten Gemeinde am Attersee antreten wird. Dort wütet inzwischen ein Feuerteufel und hält vor und während des traditionellen Kastanienfests die Feuerwehren in Atem. Doch was hat das alles mit Werners Jugendfreundin Ingeborg und dem IT-Beni zu tun, den er um geheime Recherchen zu Helenas Familie und deren Vorgeschichte gebeten hat? Als wäre das alles noch nicht genug, wankt auch der Friede in seiner Beziehung zu Helena. Drei Tage, die Adler wieder einmal ein fast unmögliches Durchhaltevermögen abverlangen.

Erich Weidinger wuchs am Attersee im oberösterreichischen Salzkammergut auf – dem Lieblingsrefugium vieler Künstler. Nach einer Friseurlehre und einer pädagogischen Ausbildung arbeitete er mehrere Jahre mit benachteiligten Kindern. Wegen der Liebe zur Literatur wechselte er in den Buchhandel und begann selbst zu schreiben. Die Leseförderung ist ihm sehr wichtig, deshalb hat er mehrere Anthologien für Kinder und Erwachsene herausgebracht.
»Seelenglut« ist nach »Seelenfriede«, »Seelenblick« und »Seelensturm« sein vierter Kriminalroman aus dem Salzkammergut.

ERICH WEIDINGER

Seelenglut

KRIMI AUS DEM SALZKAMMERGUT

GMEINER

Personen und Handlung sind frei erfunden. Ähnlichkeiten mit lebenden oder toten Personen sind rein zufällig und nicht beabsichtigt. Die Schauplätze sind real, doch wurden für die Dramaturgie Gebäude, Straßen und dergleichen ebenfalls erfunden.

MIX
Papier | Fördert gute Waldnutzung
FSC® C083411
www.fsc.org

Besuchen Sie uns im Internet:
www.gmeiner-verlag.de

Im Ehnried 5, 88605 Meßkirch
Telefon 07575/2095-0
info@gmeiner-verlag.de

1. Auflage 2024

Lektorat: Susanne Tachlinski
Herstellung: Mirjam Hecht
Umschlaggestaltung: U.O.R.G. Lutz Eberle, Stuttgart
unter Verwendung eines Fotos von: © Erich Weidinger
Druck: CPI books GmbH, Leck
Printed in Germany
ISBN 978-3-8392-0730-7

Allen Frauen und Männern der Freiwilligen Feuerwehr gewidmet, die sich täglich mit dem Einsatz ihres Lebens für andere einsetzen.

Umgebung: Mondsee, Bad Ischl, Vöcklabruck

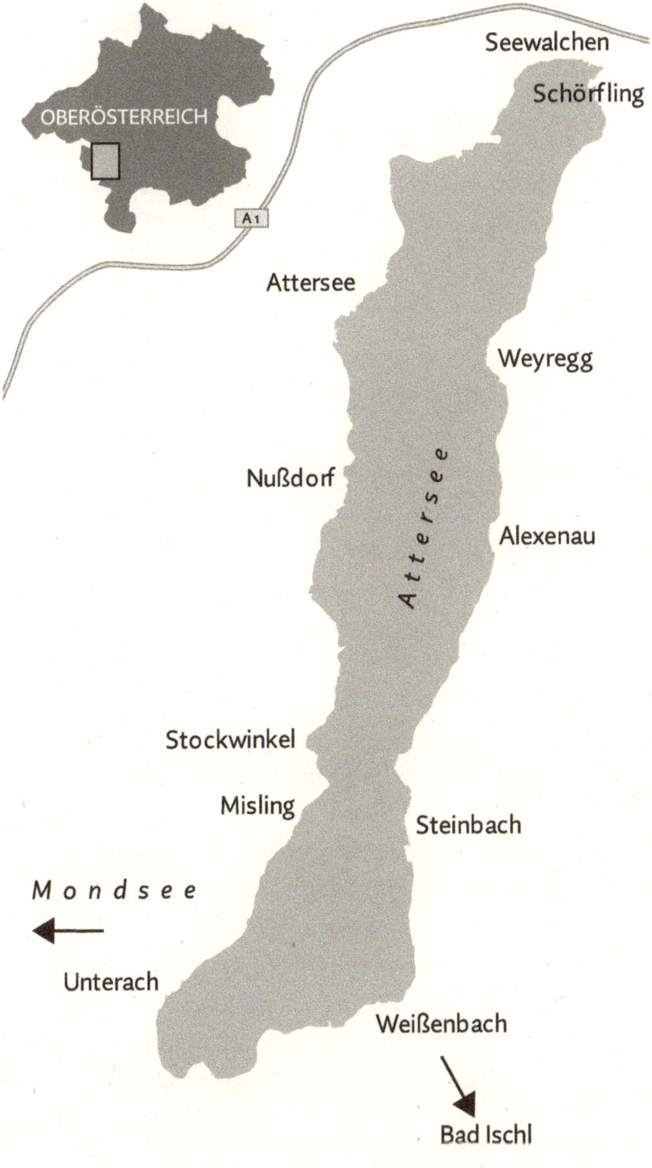

1.
SAMSTAGSAUSGABE DES PRINTMEDIUMS
»SALZKAMMERGUT REPORT«
RUBRIK: MENSCHEN AUS DER GEGEND

Vom Zufall zum YouTube-Star: Polizist am Attersee wird zum Internetphänomen.

Schörfling am Attersee: Was als gewöhnlicher Arbeitstag begann, entwickelte sich für Gruppeninspektor Werner Adler aus Schörfling zu einem wahrhaft außergewöhnlichen Phänomen. Innerhalb weniger Wochen avancierte der Polizist zum Internetstar, nachdem ein kurzes Video von ihm die digitale Welt im Sturm eroberte. Der 37-jährige Adler, der erst kürzlich seinen Familiennamen Zufall hinter sich ließ und einen neuen Namen annahm, konnte sein Glück kaum fassen. Der Vorfall ereignete sich vergangenen Sommer, als der uniformierte Beamte wie so oft mit dem Dienstboot auf dem Attersee unterwegs war. Auf einem nahe gelegenen Partyboot feierte eine Gruppe junger Menschen ausgelassen mit der Musik des oberösterreichischen Ausnahmekünstlers Parov Stelar. Kaum vernahm er die Melodie von »Catgroove«, konnte sich Werner Adler nicht mehr zurückhalten und fing spontan an, auf dem Boot zu rappen. Was er zu diesem Zeitpunkt nicht ahnte, war, dass eine Zuschauerin sein Talent mit dem Handy festhielt und das Video später im Internet veröffentlichte.

Im Laufe weniger Wochen verbreitete sich der Clip mit einer rasenden Geschwindigkeit von 100.000 Klicks viral im Netz. Aktuell nähert sich die Zugriffszahl sogar der 200.000er-Marke. In kürzester Zeit wurde der ungewollte Ruhm zum Alltag für den bescheidenen Polizisten. Überrascht und amüsiert zugleich erklärte Werner Adler, dass er niemals erwartet hätte, dass gerade dieses für ihn so unspektakuläre Video eine solche Welle der Begeisterung und Belustigung auslösen könnte.

Inzwischen hatten sich sogar ausländische Presseagenturen bei dem Polizisten gemeldet, um über seine unerwartete Bekanntheit zu berichten. Um diesem überraschenden Ansturm Herr zu werden, bat Adler seinen pensionierten Vater, die zahlreichen Anfragen zu bearbeiten. Er wolle trotz des plötzlichen Ruhms weiterhin seinen Dienst als Polizist in Ruhe ausüben.

In jüngster Vergangenheit wurde bekannt gegeben, dass das Management von Parov Stelar Werner Adler zu einem Live-Event im kommenden Frühjahr nach Linz einladen möchte. Damit eröffnet sich dem Polizisten eine einzigartige Gelegenheit, den Musiker persönlich kennenzulernen und möglicherweise sogar mit ihm gemeinsam aufzutreten. Ein Aufeinandertreffen zweier so unterschiedlicher Stars verspricht, eine spannende Begegnung zu werden.

Wir werden die weiteren Entwicklungen genau verfolgen und über das mögliche Treffen zwischen dem Musiker und dem Polizisten berichten. In der Zwischenzeit können Sie das Video, das ebenfalls unzählige Male von unseren eigenen Redaktionsmitgliedern angesehen wurde, über den auf der Online-Ausgabe vom Salzkammergut Report hinterlegten YouTube-Link finden.

2.
SAMSTAG, FRÜHER NACHMITTAG

Korfu, Griechenland

Werner Adler musste nicht an das ständige Läuten des eigenen Smartphones denken, das er bei seinem Vater Jakob am Attersee zurückgelassen hatte. Er wollte sich hier auf Korfu nicht von den Anfragen der lästigen Presseleute traktieren lassen. Er gab Alexandros, dem Sohn seiner Lebensgefährtin, ein Zeichen, das Telefon seiner Mutter vor dem Betreten der Kirche auszuschalten.

Der sakrale hohe Raum mit der von Ikonen besetzten Rückwand, die gleichzeitig als Zwischenwand diente, war für sein Dafürhalten zu dunkel gehalten – selbst für eine orthodoxe Kirche. So dachte er zumindest, denn am Vortag hatte er das erste Mal eine solche besucht. Und heute erneut. Bereits das Eintreten durch das große Portal löste nicht nur bei ihm ein ehrfürchtiges Verhalten aus. Die leise und doch gut wahrnehmbare musikalische Beschallung – ein religiöser Gesang, der Werner Adler an gregorianische Choräle erinnerte – schnitt den Lärm von draußen ab. Die schmalen korfiotischen Marktgassen der Inselhauptstadt waren trotz der letzten Oktobertage reichlich von Touristen bevölkert, wenn auch nicht in sommerlichem Ausmaß.

Kein katholisches Gotteshaus in Österreich wirkte für ihn nur annähernd so andächtig wie diese griechisch-orthodoxe Kirche, einem Heiligen gewidmet, dessen Namen er sich nicht merken konnte, es auch gar nicht versuchte.

Seine Freundin Helena stand vorne am goldglänzenden Taufbecken, das aus dickwandigem Messing gefertigt war. Im Arm trug sie ein sechs Monate altes Baby, die Tochter ihrer Cousine Gaia. Das Mädchen erhielt erst mit der heute bevorstehenden Zeremonie ihren richtigen Namen, den die Taufpatin, in diesem Fall Helena, nach dem zeremoniellen Akt mit geweihtem Wasser laut aussprechen sollte. Werner drängte sich der kuriose Gedanke auf, was wohl passieren würde, wenn sie statt des vorher vereinbarten Namens einen völlig anderen verlautbaren würde. Nach religiösem Gesetz galt der von den Pateneltern ausgesprochene Vorname als verbindlich.

Helena, die gebürtige Griechin, in Deutschland aufgewachsen und nun mit ihrem elfjährigen Sohn als alleinerziehende Mutter im österreichischen Salzkammergut lebend, war vergangenen August von ihrer Verwandten gebeten worden, hier auf ihrer Heimatinsel Korfu Taufpatin zu werden. Stolz und voller Freude hatte sie ohne zu zögern zugesagt. Selbst vor vielen Jahren ebenso auf dieser Insel griechisch-orthodox getauft, war sie in Deutschland in Ermangelung orthodoxer Kirchen jedoch katholisch erzogen worden.

Ein Termin für dieses wichtige Sakrament war schnell gefunden worden, denn zwischen dem 26. Oktober, dem österreichischen Staatsfeiertag, und dem Wochenende nach dem 1. November waren die Schulen landesweit geschlossen, und ihr Sohn Alexandros konnte sie somit begleiten, ohne vom Unterricht befreit zu werden. Nach den Geschehnissen des Sommers, in dem sie ihn für kurze Zeit in Werners Obhut gegeben hatte, wollte sie denselben Fehler nicht noch einmal wiederholen, und Werner pflichtete ihr in dieser Sache nur allzu gern bei. Er war dienstlich oft genug gezwungen, Verantwortung für andere Menschen und Dinge zu übernehmen, und war froh, wenn er in seiner Freizeit davon verschont blieb.

Werner Adlers Polizeikollegen am Attersee hatten für ihn den Dienst getauscht, um ihm die Begleitung seiner geliebten Helena zu ermöglichen. Sollte er am Sonntag wie geplant vormittags in Salzburg eintreffen, seien sie jedoch froh, wenn er am Nachmittag die Arbeit so früh wie möglich antreten könne. Er war für einen Monat dem Dienst in Unterach zugeteilt, und der Sonntag sollte sein erster Tag dort sein.

Helena hatte ihn zu Hause über den bevorstehenden Ablauf der Feier informiert. Sie allein werde mit dem Säugling und dem Priester, von den Griechen *Pappas* genannt, am Taufbecken stehen und das Kind erst nach der heiligen Taufe den Eltern übergeben dürfen. Der religiösen Tradition zufolge müsse das nackte Baby dreimal zur Gänze ins Wasser getaucht werden, doch die junge Mutter war sich mit der griechisch-deutsch-österreichischen Taufpatin einig darüber, dass sie dies auf keinen Fall zulassen wollten, um dem Mädchen eine mögliche Traumatisierung in seinem so jungen Leben zu ersparen. Helena hatte Werner auf YouTube ein Video gezeigt, in dem ein orthodoxer Priester mehrmals mit Gewalt ein Baby ins Becken tauchte, obwohl sich dieses schreiend und strampelnd dem zu entziehen versuchte. Ein solches Vorgehen und die daraus resultierende Erfahrung wollten sie dem kleinen Mädchen nicht zumuten. Zum Glück gab es inzwischen kirchliche Patriarchen, die eine gemäßigtere Taufzeremonie vorzogen.

Bei der Begrüßung vor der Kirche hatte es dann jedoch eine gewisse Aufregung gegeben, die Werner zuerst nicht nachvollziehen konnte, da er der griechischen Sprache nicht mächtig war. Alexandros, der zwar nicht alles wörtlich, aber zumindest inhaltlich verstand, hatte ihn aufgeklärt. Der zur Taufe vorgesehene Patriarch hatte sich heute Morgen bei einem Sturz über eine Treppe das linke Bein gebrochen, und somit sollte ein anderer, älterer Priester das Erteilen des Sakramentes übernehmen. Dieser bestand darauf, bei der Segnung an der ursprünglichen Tradition festzuhalten. Es wurde lange diskutiert, bis die Frauen und Männer übereinkamen, das Kind nur einmal statt dreimal kurz ins Wasser zu tauchen. Es war an den Gesichtern der Kirchenmänner deutlich abzulesen gewesen, wie sehr ihnen die Einmischung der dominanten Frauen widerstrebte.

Werner, der nach seiner Zeit als Ministrant und Mitglied in der Weyregger KJ, der ortsansässig geführten katholischen Kinder- und Jugendgruppe, nicht mehr für religiöse Belange zu begeistern war, hatte den Diskurs und die letzten Vorbereitungen mit einem innerlichen Kopfschütteln verfolgt. Alexandros war das Unverständnis aufgrund seiner eindeutigen Mimik nicht entgangen, hatte gegrinst, was Werner ebenfalls wahrgenommen und seinerseits mit einem Lächeln beantwortet hatte. Er hatte mit einer väterlichen Geste über das dunkle Haupt des Halbgriechen gestrichen, der, so wie er, nur katholisch getauft war.

Während der Vorbereitungen zum Flug auf die größte ionische Insel hatte Werner in Helenas Wohnung zufällig Bankpapiere entdeckt, die auf einen Kredit hinwiesen, den sie für diese Reise aufgenommen hatte. Obwohl es ihn nichts anging, hatte er seine Freundin zur Rede gestellt und gefragt, weshalb sie das Geld benötige, und vor allem, warum sie ihn nicht gebeten habe, ihr finanziell auszuhelfen. Sie hatte ihm eröffnet, dass in Griechenland die Paten für die Taufe aufzukommen hätten. Taufkerze, Taufkleider, ein edles Kreuz zum Umhängen, den Obolus für die Kirche und einiges mehr habe sie als Patin zu begleichen. Die Flüge für sie und ihren Sohn seien selbst in der Nebensaison wahrlich nicht günstig. Und ihn um Geld zu bitten, habe sie deshalb nicht vor, weil das die Partnerschaft nur unnötig belaste. Mit einigen Überstunden in dem smarten Hotel am Attersee, in dem sie als Mädchen für alles arbeitete, sowie mit Erhalt des Weihnachtsgeldes Ende November könne sie den Kredit bald begleichen. Damit war das Thema für sie abgehakt gewesen. Helena war in manchen Sachverhalten hartnäckig und uneinsichtig. Das hatte Werner inzwischen mehrmals festgestellt. Er wusste, dass sie sich über die Anfrage der Patenschaft wahnsinnig gefreut hatte und bereit war, nahezu alles in Kauf zu nehmen, um dieser ehrenvollen Aufgabe keine Abfuhr erteilen zu müssen.

Am Vortag der Taufe waren sie in den Gassen der Stadt rund um die Kirche des Inselheiligen unterwegs gewesen. Wieder ein Name, der schwer zu merken war: Spyros … oder so ähnlich. Helena hatte es aufgegeben, ihm die Geschichte von Àgios Spyrídon näherzubringen, womit er wiederum kein Problem hatte. Im Gegenteil. Er hätte gewiss kein Verständnis dafür aufgebracht, noch dazu, da der Heilige nicht einmal von Kerkyra abstammte und erst als Toter vom Zyprer zum Korfioten wurde.

Cousine Gaia, die Mutter des Kindes, hatte inzwischen einige der benötigten Sachen für Helena besorgt, doch das Taufkreuz beabsichtigte die Patin unbedingt selbst auszusuchen und zu kaufen.

Die Altstadt war für einige Stunden gefüllt mit Touristen, die zwei riesige Kreuzfahrtschiffe im nahen Hafen ausgespuckt hatten. Bei der Fahrt nach Kerkyra, wie die Hauptstadt sowie die Insel hier von den Bewohnern genannt wurde, blieb Werner die Luft weg. Schockiert ob der monströsen Wasserfahrzeuge, die der Altstadt mit ihren zwei historischen Festungen von Ferne ihre Beschaulichkeit abspenstig machten, schüttelte er den Kopf. Doch war ihm bewusst, dass die meisten der Korfioten von den Touristen lebten. Es drängte sich ihm die Worthülse »sanfter und nachhaltiger Tourismus« auf, von dessen Umsetzung er für solch eine Insel keine Vorstellung hatte. Zu Hause am Attersee wünschten sich viele Einheimische mehr Touristen, dafür weniger sogenannte Zweitwohnbesitzer, und hier verhielt sich das Problem in ganz anderen Dimensionen, die die beschauliche Fantasie vieler Atterseebewohner ins Unglaubliche steigern würde.

Helena hatte ihre beiden Männer in einen hell erleuchteten, winzigen Laden geführt, der mit Ikonen und spirituellen Devotionalien vollgestopft gewesen war. Mit ihnen und der älteren, freundlich lächelnden Verkäuferin schien die Aufnahmekapazität des Mini-Geschäftes erreicht worden zu sein. Nach ein paar ausgetauschten griechischen Worten hatte die Frau zwei geblisterte, mit weißem Leder überzogene Präsentierteller hervorgezogen, auf denen eine Menge kleiner Kreuze befestigt waren.

Um den Wortschwall der Korfiotin zu unterbrechen, hatte sich Helena zu Werner und Alexandros umgedreht, damit sie ebenfalls die verschiedensten Versionen begutachten konnten. Der Junge hatte auf ein goldenes Kreuz mit einer silbernen Jesus-Figur getippt.

»*Agàpi mou*, wir haben den gleichen Geschmack.«

Den Blick auf Werner gerichtet, wollte sie auch seine Zustimmung erheischen.

»Was meinst du, mein Großer?«

»Ich würde eines ohne Gekreuzigten nehmen. Die andern finde ich kitschig«, fügte er ehrlich an.

Erneut hatte sich die Verkäuferin eingemischt, um die Qualität und die Vorzüge des in Augenschein Genommenen zu loben. Das Preisetikett war Werner erst jetzt aufgefallen.

»Bist du deppert! 390 Euro! Wir wollen doch nicht den ganzen Laden kaufen.«

»Beruhige dich. Das ist das wichtigste Taufgeschenk, und

das kostet natürlich etwas. Außerdem kaufe *ich* es und nicht wir!«

Mit der Verkäuferin hatte Helena erneut ein paar griechische Wörter gewechselt und auf das gewünschte Kreuz gezeigt. Werner, wie ein Walross schnaubend und der Möglichkeit beraubt, weiter seinen Einwand vorzubringen, wurde auf ihre Aufforderung hin von Alexandros aus dem Laden gezogen. Somit waren ihm die Preise der weiteren notwendigen Utensilien, wie Taufkerze, Taufschatulle und was noch alles in der faltbaren Sporttasche Platz gefunden hatte, entgangen.

Die ältere Dame und Helena, beide mit zufriedenem Lächeln, waren abschließend auf die schmale Gasse herausgetreten, um sich voneinander zu verabschieden. Da Werners aktiver griechischer Wortschatz bisher nur aus zwei Wendungen bestand – *kaliméra* und *efcharistò* –, hatte er nichts davon verstanden, was die alte Griechin sagte, als sie ihm eine winzige hölzerne Ikone in die Hand drückte. Nachdem er sich verwirrt mit *kaliméra* bedankt hatte, was aber so viel wie »Guten Tag« hieß, hatte er peinlich berührt versucht, sich zu entschuldigen.

Die Griechin hatte milde gelächelt und war in ihren Heiligenshop zurückgeschwebt. Kein Wunder bei dem Umsatz, da war das kleine hölzerne Geschenk in seiner Hand lediglich eine freundliche Geste, so wie man in Österreich in manchen Geschäften ein Zuckerl bekam.

Das Minikreuz, geziert mit einem bunten, kitschigen Bildnis eines Heiligen, über dem ein kleines Loch eingestanzt war, bot die Möglichkeit, ein Band oder Kettchen einzufädeln. Nie im Leben wäre Werner auf die Idee gekommen, sich so etwas umzuhängen.

Helena hatte ihm zärtlich über den Oberarm gestrichen: »Oh, wie nett von ihr! Du musst sie küssen!«

»Was? Bist du verrückt? Warum sollte ich eine alte, mir unbekannte Griechin küssen? Geht's noch?«

»Nein, Werner. Du bist manchmal echt begriffsstutzig. Die Ikone sollst du küssen und nicht die Frau!«

Er war nur zu einem ungläubigen Kopfschütteln fähig gewesen und hatte das winzige hölzerne Ding fragend angesehen, als überlegte er, ob er nun doch die Frau oder dem unnützen Holzplättchen auf seiner Handfläche einen Kuss aufdrücken sollte. Alexandros hatte amüsiert gegrinst und beobachtet, wie der Freund seiner Mutter ihr die Miniikone entgegengestreckte, da er nicht wusste, was er damit anfangen sollte.

Helena hatte mit einer gewissen Ironie in der Stimme gesagt: »Gut, dann kannst du sie wenigstens weihen lassen, in dieser Kirche hier.« Sie zeigte auf den gegenüberliegenden Eingang einer hoch aufragenden Kirche, die er bisher nicht als solche wahrgenommen hatte.

»Agios Spyridon, der auf dem Bildchen, hat dort seine letzte Ruhestätte gefunden.« Mit diesen Worten war sie durch die riesige Seitentür der Kirche getreten, und den beiden Männern war nichts anderes übrig geblieben, als ihr zu folgen.

In diesem heiligen Gebäude wurden tatsächlich die Gebeine des Inselheiligen aufgebahrt. Viele gläubige Inselbewohner und Besucher pilgerten hierher, um ihm die Füße zu küssen, was auch Helena verkündete, vorzuhaben.

Werner meinte abermals, sich verhört zu haben. »Das ist jetzt ein Scherz, nicht wahr? Du willst wirklich einem Toten die Füße küssen?« Verwundert, eine plausible Erklärung fordernd, hatte er seine Geliebte angeblickt. Selbst dem Jungen, der in Österreich nur Alex genannt werden wollte, war das Entsetzen anzusehen. Das Amüsement eines Außenstehenden war ihm in Sekundenschnelle abhandengekommen.

»Das gehört zum Ritual. Bei jedem Aufenthalt auf Korfu besuche ich unseren Agios und erweise ihm meine Huldigung. Letztes Mal habe ich es bei einem Ausflug ohne euch gemacht.«

»Tss ... Wäre es nicht hygienischer, wenn du ihm nur zuwinkst? Oder ihm einfach die Füße wäschst, so wie es der Papst alle heiligen Zeiten bei armen Menschen macht? Du kannst es gerne bei mir zuerst versuchen.«

Der ironische Vorschlag hatte Alexandros zu einem erleichterten Glucksen verleitet. Währenddessen war Werner weiterhin bemüht, die Totenbegegnung der dritten Art abzuwenden: »Liebe Helena, meine Phobie Verstorbenen gegenüber nimmt keine Rücksicht auf das Datum ihres Ablebens.«

Den Jungen plagte noch eine andere Sorge: »*Mamá*, ich muss das aber nicht machen, oder? *Parakalo peite oxi*!« Er hatte tatsächlich Angst, dem bigotten Beispiel seiner Mutter folgen zu müssen.

Werner, die Hände von hinten beschützend auf die schmalen Schultern des Jungen gelegt, war zum verbalen Kampf gerüstet und preschte vor. »Nein, wir dürfen das gar nicht, Alex. Wir zwei sind katholisch getauft. Also sind wir so etwas wie Ungläubige. Aber, Helena, solltest du das wirklich machen, werden wir zwei Männer dich erst wieder küssen, wenn du dir den Mund gewaschen, die Zähne geputzt und den Rachen gespült hast.« Und verschwörerisch zu Alex gewandt ergänzte er: »Möge die Reinheit mit uns sein.«

Zur Bekräftigung dem Sohn der anscheinend Wahnsinnigen die offene erhobene Hand zum Einschlagen hingehalten, hatte dieser die Geste sofort nachvollzogen, was in dem Kirchenraum ein klatschendes Echo auslöste. Zum Unbehagen Helenas. In einer Kirche war so ein Verhalten natürlich unerwünscht. Doch im Gewusel der Touristen hatte es kein Aufsehen erregt. Die *Pappas* waren inzwischen an unangemessenes Verhalten von nicht orthodoxen Besuchern gewöhnt.

Die beiden Star-Wars-Fans hatten mit verschwörerischer Einstimmigkeit verweigert, sich in die Warteschlange einzureihen, um den engen Raum mit dem goldenen Sarg zu betreten. Und mit stiller, doch merkbarer Belustigung beobachteten sie durch den offenen Eingang, wie vorwiegend Frauen sich vor dem Schrein bekreuzigten und sich über die offene Stelle des Sarkophags beugten. Detailgetreu wollte sich Werner das Ganze nicht vorstellen, und die zu Ekel verzogenen Gesichtszüge von Helenas Sohn erübrigten jegliche Deutung.

Nachdem Helena sich ein dünnes Tuch über ihre rötliche Haarpracht gezogen hatte, beugte sie sich wie ihre Vorgängerinnen in den goldenen Schrein. Den beiden Verweigerern war der Blick in den Sarg und auf die Füße des Heiligen, die in roten, samtbestickten Schuhen steckten, erspart geblieben. Grausame Bilder waren jedoch vor ihren inneren Augen entstanden, die Werner schnell wieder zu verdrängen versuchte.

Nach einigen geschlagenen Kreuzzeichen hatte Helena dem betenden, beistehenden Patriarchen einen handbeschriebenen Zettel überreicht. Werner und Alexandros, durch ihre sichtliche Abscheu nun doch Aufsehen erregend, hatten verärgerte Blicke anderer Gläubiger auf sich gezogen. Sie waren von den Insulanern sicherlich als rüpelhafte Kreuzfahrtschiffsreisende schubladisiert worden.

Helena, mit erhabener Miene und ohne einen weiteren Blick auf ihre Gefolgschaft zu verschwenden, hatte die Kirche durch einen seitlichen Ausgang verlassen, als wäre sie allein hierhergekommen.

Neben dem Seiteneingang war ein Altar mit dem Bildnis des Inselpatrons aufgebaut, bei dem sie drei dünne Stabkerzen von einer Selbstbedienungsvorrichtung nahm, um jedem der Männer eine zu überreichen.

»Zumindest eine Kerze solltet ihr hier spenden. Morgen bei der Taufe erwarte ich mir von euch mehr Ehrfurcht und religiösen Respekt.«

Unter strengem Blick hatten Freund und Sohn, wie reuige Sünder mit gesenktem Kopf und heimlichem Lächeln auf den Lippen, die Kerzen angezündet und sie neben vielen anderen flackernd in ein dafür vorgesehenes Sandbett gesteckt. Werner hatte dem Jüngeren dabei zugeflüstert: »Ich dachte immer, wir zwei sind die einzigen Männer, die deine Mutter küsst!«

Diese Worte hatten Alexandros so zum Lachen animiert, dass dadurch mehrere der aufgestellten Kerzen zum Erlöschen gebracht worden waren.

3.
SAMSTAG, FRÜHER NACHMITTAG

Unterach am Attersee

Er hatte ihr Eintreten nicht bemerkt, der Song »Angry« von den Rolling Stones dröhnte durch den Raum.

»Dreh das bitte ab!«

Benno zuckte von seiner Computertastatur zurück. Erst als er sah, wer ihn so erschreckt hatte, lächelte er erleichtert. Beschäftigt mit dem Überprüfen der Zahlen, die er auf zwei Bildschirmen durchscrollte, hatte er die Außenkamera nicht mehr im Blickwinkel gehabt und dadurch ihre Annäherung nicht registriert.

»Ich sagte, dreh die Musik ab!«

Er regelte die Lautstärke zurück und war schon im Begriff, das neue Album der Stones zu loben, als Ingeborgs ernster Gesichtsausdruck ihn davon abhielt. Er schaltete den Ton zur Gänze ab.

»Jetzt reicht es mir! In Zukunft kannst du dir die Post selbst aus Mondsee abholen! Was denkst du dir eigentlich, meinen Namen für dein Postfach zu verwenden?«

Es war ihr anzusehen, wie sauer sie war. Sie knallte zwei dicke, mit Versandetiketten versehene Kartontaschen neben ihn auf den Schreibtisch, wobei sie dadurch eine offene Chipspackung von der Tischkante fegte.

»Benno, kannst du mir erklären, wie du auf diese Schnapsidee kommst? Das geht gar nicht! Ich habe immer wieder das Gefühl, dass du meine Gutmütigkeit und Hilfsbereitschaft nur ausnützt.«

Sie strich mehrmals ihre dunklen Haare zurück, die auf Kinnhöhe in einer sachten Föhnwelle endeten. Ein kleiner Tick, den Benno an ihr mochte und der ihn hin und wieder zu einem Schmunzeln verführte. Doch in diesem Moment war ein Lächeln nicht angebracht.

Er drehte sich auf dem extrabreiten und massiven Bürostuhl zu ihr um. »Ingeborg, es tut mir leid. Das war nur für ein paar bestimmte Sendungen. Ich werde deinen Namen in Zukunft nicht mehr verwenden. Ich werde das Postfach abmelden. Versprochen.« Treuherzig und schuldbewusst blickte er zu ihr auf.

Sie erhob sich mit strengem Blick über ihn wie eine Lehrerin über einen reumütigen Schüler, was ihn an alte, schwarzweiße Kinderfilme erinnerte, die er sich gerne ansah, obwohl er bereits einer ganz anderen Film-Generation angehörte. Ein grauer Haarknoten an ihrem Hinterkopf hätte das Klischee noch komplettiert. Nun zuckten seine Mundwinkel doch für den Bruchteil einer Sekunde nach oben. Es entging ihr leider nicht.

»Findest du das witzig, oder was?« Sie bückte sich, hob die Chipspackung auf und warf sie ihm gegen die breite Brust, die ohne erkennbare Abgrenzung in ein riesiges Fettpolster überging, das auf den mächtigen Oberschenkeln lag und sie somit fast zur Gänze bedeckte.

»Was ist denn so Wichtiges in diesen Kuverts, dass du sie dir postlagernd schicken lässt?«

Mit verschwörerischem Ausdruck in der Stimme meinte Benno nur: »Glaub mir, Ingeborg, das möchtest du nicht wissen. Tut mir ehrlich leid, ich wusste nicht, dass es dich so verärgert.«

Ingeborg schnaubte. Der Verdacht, dass sie ihm Päckchen mit erotischem Inhalt gebracht haben könnte, drängte sich ihr auf. Wenn es so war, wollte sie tatsächlich nichts Genaueres darüber wissen. Doch das war trotzdem kein Grund für dieses Vorgehen, und sie gab sich deshalb auch nicht damit zufrieden: »Ich verstehe bis heute nicht, weshalb du überhaupt ein Postfach benötigst! Unterach hat bestimmt nette Briefträgerinnen, so wie wir in Nußdorf, und einen Postpartner im Ort gibt es auch. Ein Elektrogeschäft!«

Benno blickte beschämt zu Boden und sprach leise, mehr zu sich selbst als zu ihr: »Ich will nicht, dass jemand anderes hereinkommt. Du weißt schon, warum. Die Paketfahrer legen alles draußen unter die kleine Bank beim Eingang.«

Ja, sie wusste, dass er sich seines fetten Körpers schämte, ebenso wegen des Zustands des Wohnraumes, in dem es nur so von Papierstapeln, Verpackungsmüll und anderem Unrat wimmelte. Ihr Zorn hatte sich beinahe verflüchtigt, und sie sah sich in dem stickigen Raum um, der dringend mal wieder durchgelüftet werden sollte.

Benno drehte sich zurück zu den Bürotischen, die, in einem L zusammengestellt, Platz für die zwei großen Computerbildschirme, einen Drucker und zwei Tastaturen boten. In drei übereinandergestellten Türmen von Bürokörben stapelten sich vorwiegend statt Papieren und Dokumenten verschiedenste Süßigkeiten und deren leere Verpackungen.

Er zog an einer schmalen Schublade an seinem Schreibtisch und entnahm ihr einen Hunderteuroschein.

»Hier, als Kilometergeld und Entschädigung für deinen Ärger. Wird nicht wieder vorkommen, Ingeborg. Bitte bleib mir gut gewogen, was soll ich denn ohne dich machen?«

Sein verzweifelter Blick vertrieb ihren restlichen Ärger. Sie schnappte sich das Geld und nahm neben ihm auf einem gewöhnlichen Holzstuhl Platz, den sie dazu erst von weiteren leeren Süßigkeiten-Verpackungen befreien musste. Dann rutschte sie damit auf Benno zu, drehte ihn so zu sich, dass er nicht umhinkam, sie anzublicken, und nahm seine Hände in ihre. »Beni. Ich sag es dir nochmals. Wenn du so weitermachst, weiß ich nicht, ob du Weihnachten noch erleben wirst. Du musst auf deinen Körper achtgeben. Nur hier zu sitzen und alles in dich hineinzumampfen, was dir in die Hände kommt, ist keine Zukunftsperspektive. Wann bist du das letzte Mal im Freien gewesen?«

Er zuckte mit den Schultern und sah sie mit treuherzigen Augen an, in denen sie seine Verzweiflung ablesen konnte.

»Dachte ich mir, dass du das gar nicht mehr weißt. Beni, ich mag dich! Trotz deines Fehlverhaltens und deiner Sucht. Wirklich. Aber du darfst meine Freundschaft und Hilfsbereitschaft nicht bis aufs Letzte ausreizen, klar? Du brauchst jetzt nicht zu antworten, denn ich habe keine Zeit mehr. Heute Nachmittag ist das Unteracher Kastanienfest, da helfe ich mit. Am Montag nach dem Mittagessen machen wir gemeinsam sauber. Merke dir das gleich mal vor. Und den ganzen Müll hier«, sie zeigte auf die am Boden liegenden angerissenen Verpackungshüllen und den anderen Mist, »den verräumst du selbst bis dahin. Okay?«

Das war keine Bitte, sondern ein Befehl, und er war im Bilde, dass er diesen auszuführen hatte, wollte er sie nicht endgültig als Freundin und vor allem als Helferin verlieren. Obwohl die beiden nicht mal verwandt waren und sie um einiges älter war als er, kümmerte sich niemand so sehr um ihn wie Ingeborg. Er war regelrecht auf sie angewiesen.

Beim Verlassen des Raumes, der rechts in einen ebenso vollgestopften Gang hin zum Eingang führte, gerade mal so breit, dass er mit dem Bürostuhl durchrollen konnte, merkte sie mit bitterem Tonfall an: »Und geh mal wieder duschen. Du riechst!«

Er schob sich mit der Kraft seines Fußes, der mehr Ähnlichkeit mit dem eines Elefanten hatte, vom Tisch weg und rief: »Danke, Ingeborg. Du bist ein Schatz! Bitte nicht zusperren, ich bestelle mir für den Abend eine Pizza. Ich schließe später selbst ab.«

Eine Portion würde nicht ausreichen, doch so eine kleine, ausgesprochene Selbsttäuschung beruhigte sein schlechtes Gewissen sich selbst gegenüber.

Ingeborg besaß einen Schlüssel zu seinem eingeschossigen untermauerten Holzhäuschen, in dessen zwei Räumen und Gang er sich barrierefrei bewegen konnte. Es glich mehr einer Arbeitsstätte mit Schlaf- und Hygieneplätzen als einer Wohnung, denn es war beides für ihn. Mittelpunkt waren die 24 Stunden durchsurrenden Computer, mit denen er sein Geld hauptsächlich durch Aufträge für verschiedene Firmen verdiente. Das Geschäft lief zurzeit nicht mehr so gut. In den Coronajahren hatten die meisten Unternehmer sowie Privatpersonen gelernt, EDV-Arbeiten selbst zu erledigen, und so waren die einfacheren Aufträge fast zur Gänze zum Erliegen gekommen. Seine Lebensweise verlangte kein geringes Einkommen. Neben dem Zocken mit Kryptowährungen, was ihm mal mehr mal weniger eintrug, brauchte er Geld für Dienste und Tätigkeiten, die nicht von Ingeborg erledigt wurden. Die er sich erkaufte, da er nicht mehr in der körperlichen Verfassung dazu war, sie selbst zu verrichten. Darunter Wäsche waschen und bügeln sowie gewisse Erledigungen, zu denen ein Fahrzeug vonnöten war. Ja, selbst für das sichere Steuern eines Wagens war er zu dick geworden. Er war sich bewusst, dass er bald einen Rollstuhl benötigen würde, wenn er sich nicht einschränkte und abnahm. Ein weiterer kostspieliger Behelfsgegenstand von vielen, die er sich schon über diverse medizinische Internetshops bestellt hatte. Wie zum Beispiel die Greifzangen, mit denen er Gegenstände vom Boden aufheben konnte, sitzend in seinem extrem teuren XXL-Bürostuhl mit einer Traglast von bis zu 250 Kilogramm. Der neu erworbene Gehwagen mit Armauflage stand originalverpackt hinter der Eingangstür. Er benötigte ihn schon dringend, aber er hatte sich bisher nicht überwinden können, jemanden zu bitten, ihn zusammenzubauen. Es wäre wieder ein Schritt mehr, der ihm seine schlechte Verfassung und die Ausweglosigkeit seiner Situation vor Augen führen würde.

Das letzte Mal, dass er auf einer Waage gestanden hatte, war bei einem Arztbesuch vor dem Sommer gewesen. Knapp unter 180 Kilo hatte er damals gewogen, und er war sich darüber im Klaren, dass er sie inzwischen überschritten hatte. Der Arzt hatte ihm einen baldigen Herzinfarkt oder Schlaganfall prognostiziert, sollte er sein Gewicht nicht endlich reduzieren und sich mehr bewegen. Er hatte ihm gezeigt, wie er selbst möglichst kräfteschonend die medizinischen Gazeblätter zwischen die entzündeten Fettpolster und Hautfalten anbrachte. Intertrigo oder Hautwolf, wie es umgangssprachlich genannt wurde, hatte sich an verschiedensten Stellen seines Körpers eingenistet, wie zum Beispiel unter den enormen Brüsten, der Bauchfettschürze und zwischen Hoden und Oberschenkeln. Neuerdings auch in den Kniekehlen, die diese Bezeichnung nicht mehr verdienten. Die dünnen Hautpartien schmerzten und juckten extrem, Puder, Salben beziehungsweise die Gazestreifen sorgten zumindest für Linderung. Er hatte es vorerst falsch verstanden und gemeint, dass der Arzt ihm etwas über das Kriegsgeschehen im Gazastreifen mitteilen wollte. Er hatte gelächelt über den Irrtum, den ein einzeln vertauschter Buchstabe verursachen konnte. Gleichzeitig war ihm das Lächeln eingefroren, denn ihm war bewusst, dass die Gazestreifen ebenfalls eine Art von Krieg bedeuteten: nämlich den Kampf mit sich selbst.

Um dem Ganzen ein Ende zu setzen, hatte er beschlossen, neben seinen alltäglichen Aufträgen zusätzlich auf illegale Weise mehr Geld zu verdienen und sich letztlich in ein teures Privatsanatorium zu begeben. Eines, in dem sie mit ihm etwas machten, denn eigenständig schaffte er Veränderungen hier in seinem Häuschen unweit von Unterach nicht mehr. Bei ihm blieben die unzähligen Abnehm-Apps erfolglos, egal ob gratis oder kostenpflichtig, denn der Versuch, sie anzuwenden, scheiterte meistens schon am zweiten oder dritten Tag. Länger als eine Woche hatte er bisher bei keiner durchgehalten.

Benno hatte eine Grenze überschritten, war nicht mehr fähig, die Verantwortung für sein eigenes physisches Dasein zu tragen. Eine Analyse seiner psychischen Verfassung vermied er bewusst. Und ob er das alles tatsächlich schaffen würde, stand in den Sternen oder auf der Wasseroberfläche des Attersees, auf den er von seinen zwei Fenstern aus blicken konnte, wenn er sie denn öffnete. Er konnte sich nicht mehr erinnern, wann dies das letzte Mal der Fall gewesen war, inzwischen bedeutete selbst das für ihn eine große körperliche Herausforderung. Um die Fensterflügel zu erreichen, müsste er vieles von den Fensterbrettern abräumen, ganz zu schweigen von der dazu benötigten Dehnung und Kraft.

Er schlitzte mit einem Messer die beiden Kartontaschen auf, die ihm Ingeborg aus Mondsee gebracht hatte, und zählte das darin enthaltene Geld. Nur in Ausnahmefällen akzeptierte er statt Bitcoinüberweisungen Bargeldzahlungen als Lösegeld. Das war der wichtigste Grund, warum er das Postfach unter einem anderen Namen in Mondsee hatte anlegen lassen.

4.
SAMSTAGNACHMITTAG

Korfu, Griechenland

Obwohl Werner Adler der orthodoxe Gesang beim Betreten der Kirche die beabsichtigte Ehrfurcht einflößte, nervte ihn dieser inzwischen. Der Polizist außer Dienst stand mit Alexandros neben beziehungsweise hinter den Eltern und Großeltern des zu taufenden Mädchens. Obwohl einer der Patriarchen, die allesamt in Schwarz gekleidet waren, den Jungen aufgefordert hatte, in gewissem Abstand bei seiner Mutter Aufstellung zu nehmen, hatte er es abgelehnt. Er suchte die Nähe von Werner, um sich mit ihm in diesem unbekannten religiösen Universum gegenseitig Beistand zu leisten. Helena hatte ihnen am Vormittag nochmals das Ritual erklärt und schlimmste Strafen angedroht, sollten sie sich sichtlich darüber amüsieren oder aus irgendeinem anderen Grund unangenehm auffallen. Mit nur für Star-Wars-Fans verständlichen Geheimzeichen übergaben sie sich für diesen Tag der Macht Helenas. Der von ihnen ernannten Imperatrix. Immer wenn sie das Kommando übernahm und erklärte, was zu tun und nicht zu tun sei, nannten die zwei Untertanen sie so. Helena hielt die Bezeichnung fälschlicherweise für den Namen einer Figur aus »Asterix und Obelix«. Sie war bisher nicht darüber aufgeklärt worden, dass dieses Wort die weibliche Form zu »Imperator«, »der Herrschende«, war.

Nach unzähligen Gebeten, Gesängen und anderen Vorbereitungen entkleidete Helena das Kind auf einem Tischchen und balsamierte liebevoll und sanft dessen Körper mit einem extra dafür bereitgestellten Öl ein. Der Pater versuchte, ihr dabei zu helfen, schüttete aber mehr Öl auf das untergelegte Tuch als auf die Haut des Täuflings.

Helena hatte am Vortag erklärt, dass bei streng religiösen Familien das getaufte Kind nach dem Sakrament nicht gewaschen wurde, um letztlich am dritten Tage von der Patin mit Meerwasser gereinigt zu werden. Das Badewasser würde dann zurück ans Meer gegeben und die Windeln sollten verbrannt werden. Zusätzlich hatte die Patin die nächsten drei Sonntage mit dem Täufling zur Segnung in der Kirche zu erscheinen, wobei das Taufkreuz dabei nicht fehlen durfte.

Werner war froh, dass er morgen und seine geliebte Griechin übermorgen, am Montag, wieder am Attersee arbeiten mussten.

Alexandros war nun doch ein paar Schritte nach vorne gegangen, um das Geschehen aus der Nähe besser verfolgen zu können. Werner wunderte sich, dass die zu Taufende bisher alles ohne Geschrei mit sich geschehen ließ. Er malte sich mit all seinen Sinnen aus, wie in den drei Tagen das Öl am Körper des Kindes ranzig wurde, durch die Wärme beschleunigt, die heuer schon länger auf Korfu herrschte. Das Mädchen würde am dritten Tag wahrscheinlich derart stinken, dass der Geruch der vollen Windel ein Genuss dagegen wäre. Er zwickte sich selbst in den Handrücken, um sein aufkommendes Lächeln zu bekämpfen.

Einer der Patriarchen kam plötzlich mit einem grauen Plastikkübel von der Seite, um damit warmes Wasser in das Taufbecken zu gießen. Werner hätte etwas Standesgemäßeres als einen Eimer erwartet – eine Karaffe oder zumindest einen Behälter aus Metall, so wie seine Nachbarin in Weyregg einen hatte, der früher im Stall als Milch- und jetzt vor der Haustür als farbenfroh dekorierter Pflanzkübel diente.

Mittlerweile wurden alle Umstehenden aus einer Art Versteinerung erlöst, die Gäste fingen an, sich zu regen, und schenkten dem nun Folgenden eine größere Aufmerksamkeit als bisher. Handys wurden gezückt und mit beiden Händen in Position gebracht, anstatt sie zum Gebet zu falten. Dahinter ebenso einige ältere Korfiotinnen, ähnlich den Betweibern, die in Werners Kindertagen am Attersee bei keiner religiösen Veranstaltung gefehlt hatten, als hätten sie ein lebenslängliches Abonnement von der Kirche erhalten. Statt der heutigen Info-Mails wurden ihnen damals wahrscheinlich über spirituelle Kanäle die verschiedensten religiösen Veranstaltungen mit Beginnzeiten übermittelt. Der Heilige Geist hatte da sicher seine Flügel im Spiel.

Betweiber! Werner war bewusst, dass er diesen abschätzigen Begriff nicht mehr verwenden durfte, aber es kam ihm keine treffendere Bezeichnung in den Sinn. Es war durchaus möglich, dass es diese Betweiber zu Hause gar nicht mehr gab, er selbst ging nur noch zu Hochzeiten, Begräbnissen und wie heute zu Taufen in die Kirche und scherte sich nicht um die hinteren Bankreihen.

Vor allem den weiblichen Gästen war hier auf Korfu eine gewisse Vorfreude angesichts des bevorstehenden Rituals anzusehen. Dem Vater wuchs stolz die Brust ums Dreifache an, wobei er sonst, österreichisch ausgedrückt, einem Strich in der Landschaft glich. Körperhaltung und Mimik der Mutter sowie der Patin verrieten eine gewisse Anspannung. Gaia ging, für viele unbemerkt, in Stellung, in Startposition, um sofort nach vorne zu preschen, sollte sich der Priester nicht an die Abmachung der gemäßigteren Wassertaufe halten.

Helena trat zur Seite, gab das Kind, das nun ölig glänzte und zufrieden vor sich hin brabbelte, dem Geistlichen zur Ausführung seines Amtes frei. Jedoch nicht, ohne mit einem

Finger die Wassertemperatur geprüft zu haben, was nur von wenigen geladenen Gästen bemerkt und von der Mutter mit erleichtertem Nicken goutiert worden war. Die Patin, konzentriert mit ernstem Gesichtsausdruck, hielt die Hände leicht erhoben, um schnell eingreifen zu können, wenn es vonnöten war.

Werner amüsierte sich, noch dazu, da er zwar alles sah und hörte, jedoch der Sprachbarriere wegen nur die nonverbalen Aktionen für sein Verständnis deuten konnte.

Der Priester nahm behutsam das Kind mit beiden Händen auf, hielt es Gebete murmelnd in die Höhe, drehte sich damit zum Taufbecken und tauchte es so schnell unter Wasser, dass niemand auch nur die Möglichkeit hatte, es zu unterbinden. Anschließend ließ er das Mädchen, das verdutzt dreinblickte, wenn Babys so etwas überhaupt konnten, mit den Füßen voran ins warme Nass gleiten, wo es von den mächtigen patriarchalischen Pranken gestützt wurde, damit es im Wasser sitzen konnte. Mit einer Hand schöpfte er die geweihte Flüssigkeit und ließ sie von flüsternden beruhigenden Worten begleitet über den zierlichen Kopf träufeln. Keiner der Anwesenden hätte dem Patriarchen so eine Zärtlichkeit zugetraut. Dem Kind schien es sogar zu gefallen, denn es lächelte andeutungsweise und gluckste zufrieden.

Jetzt durfte Helena den Namen verlautbaren.

»*To ónomá sas eínai Melina.*«

»Die Honigsüße« bedeutete der Name, den Werner bereits am Abend davor von seiner Geliebten erfahren hatte.

Noch einmal goss der Priester Wasser über das Köpfchen und hob die Frischgetaufte sachte aus dem Becken, was ihr nun doch nicht mehr gefiel und sie zu einem lauten Schreien animierte. Das brachte die umstehenden Erwachsenen zum Lächeln, und viele senkten befriedigt ihre Smartphones. Ein Wunder, dass keines der Geräte einen eingehenden Anruf mit Klingel- oder musikalischen Tönen angekündigt hatte. Erleichterte und glückliche Blicke wurden ausgetauscht. Und bevor der Geistliche die kleine Melina an die Patin und in weiterer Folge an die stolzen Eltern übergeben konnte, wurde er nicht nur vom herabtropfenden Taufwasser des Kindes benetzt.

5.
SAMSTAGNACHMITTAG

Unterach am Attersee

Die in einem Gasthof entwendete halb angerauchte und abgedämpfte Zigarette ließ sich problemlos durch den Spalt zwischen Boden und Tür schieben. Der Stummel würde im Nachhinein für die Spurensicherung, sofern angefordert, zusätzliche Erschwernis und Irreführung bedeuten. Mehrmals die nahe Straße abgecheckt, ob das Vorgehen nicht von zufällig daherkommenden Verkehrsteilnehmern oder Wanderern, die trotz des tristen Wetters unterwegs waren und die herrliche Sicht auf den See genossen, beobachtet wurde, ließ sich der Plan ungestört weiter ausführen. Die hanglagige Rückseite des Holzgebäudes war von der einige Meter entfernt vorbeiführenden Straße nicht einzusehen. Es würden viele Minuten vergehen, bis jemand das Feuer entdeckte, wenn überhaupt. Mitte Oktober hatten viele der Zweitwohnbesitzer ihre Domizile verlassen, und an diesem Tag bot die Wetterlage keinen idealen Tag für Ausflüge. Bis gestern hatte ein mildes und fast spätsommerliches Klima über dem See geherrscht, doch heute war der Herbst mit kühlen Temperaturen und böigen Winden eingefallen. Zum Leidwesen der Veranstalter des Kastanienfestes, welches am Nachmittag im Zentrum von Unterach abgehalten werden sollte.

Das Rad zur Flucht, an einem Wanderweg im Dickicht des Waldes abgestellt, war schnell zu erreichen. Die zwei zehn Liter fassenden Benzinkanister aus Kunststoff, am

Abend zuvor hier versteckt, würden für dieses Vorhaben ausreichen. Es war nicht ungewöhnlich, mitgebrachte Kanister an der Tankstelle mit Superbenzin abzufüllen. Viele hatten am Land motorbetriebene Rasenmäher in allen Ausführungen und Größen oder andere Geräte zu Hause, die Brennstoff benötigten.

Der verschraubbare Einfüllstutzen war bei den meisten preisgünstigen Kanistern für diesen Gebrauch etwas zu lang. Es benötigte doppelte Vorsicht beim gezielten Ausgießen, da unbeabsichtigt Tropfen der leicht brennbaren Flüssigkeit durch zu schnelles Absetzen an Schuhe und Kleidung geraten konnten. Die genoppten Grillhandschuhe schützten die Hände, wenn sie auch durch die kräftige Beschaffenheit ein wenig unpraktisch waren. Behutsam den Stutzen an die Holzwand gestützt, benetzte der Brennstoff das Holz sowie den Boden darunter. Seitlich, Schritt für Schritt, achtsam darauf bedacht, die Dämpfe möglichst nicht einzuatmen, wurden neben der Bretterwand ebenso die drei hier vorhandenen runden Heuballen mit der brennbaren Flüssigkeit getränkt. Der restliche Inhalt des zweiten Behälters diente für eine Lache, in der die Kanister und Handschuhe durch das bald entstehende Feuer einer verschmelzenden Vernichtung ausgesetzt werden würden. Eine leicht angebrannte dunkelgrüne Stabkerze, wie aus einem Karton mit gebrauchtem Weihnachtsdekor stibitzt, gab die ideale Feuerquelle. Der Docht ließ sich mit dem Sturmfeuerzeug sofort entflammen, welches zum gezielten Entzünden sicherer war als ein Zündholz, das womöglich einen unbeabsichtigten und gefährlichen Funkenflug verursachte. Vorsichtig mit dem Rücken der Windseite zugewandt, ließen sich mit der Kerze die Heuballen gesondert entzünden. Das gepresste und getränkte Heu zog vorerst gierig das Feuer in das Innere des Ballens hinein, schien es zu schlucken, um es später geballter auszustoßen. Schnell war der nahe gelegene, schützende Wald erreicht.

Letzte Blicke auf das gewünschte Ziel und Vorhaben, und schon raste ein Mountainbike den Wanderweg zum See hinab. Weg vom Feuer, weg vom Tatort. Über Airpods begleitet vom Song »Night On Fire« der finnischen Band »Reckless Love«.

6.
SAMSTAGNACHMITTAG

Weyregg am Attersee

Eine riesige Flamme schoss empor und versengte ihr ein paar der in die Stirn gerutschten Haare. Vera Hubinger schrie kurz auf, ließ erschrocken Feuerzeug und Zigarette zu Boden fallen.

»Willst du mir mit deinem Flammenwerfer das Haus anzünden?«, fragte Jakob Zufall seine Schwägerin. Er hatte sich aber nicht aus der Ruhe bringen lassen und bückte sich nach den Gegenständen.

Der männliche Golden Retriever namens Gerda, unter der Gartenbank liegend, war ebenfalls aufgeschreckt worden und lief bellend in der Wiese hin und her.

»Platz«, rief Jakob und reichte der Schwester seiner verstorbenen Frau das Feuerzeug sowie die Zigarette. »Warte, ich hole dir Zündhölzer und einen Aschenbecher.«

Kaum war Werner Adlers Vater im Haus verschwunden, setzte sich der Hund auf seine Hinterpfoten, blickte zur Terrassentür und hechelte mit heraushängender Zunge.

Vera, mit der Zigarette im Mund, sprach mit ihm: »Nein, Gerda, ich bin mir sicher, du bekommst jetzt nichts. Er ist meinetwegen reingegangen.«

Der Hund wandte ein paarmal den Kopf hin und her und ließ sich schließlich mit einem leisen Grummeln auf die Vorderbeine nieder.

Vera drehte am Rädchen des Feuerzeugs, streckte dann

den Arm aus und betätigte nochmals den Zünder. Erneut schoss eine gefährlich große Flamme empor. Es war ein altes Feuerzeug, das sie mit Flüssiggas aus der Trafik nachfüllte. Der Zeitpunkt, sich von dem Gerät zu trennen, war nun gekommen. Trotz des Gedankens der Nachhaltigkeit lag das Nachfüllen von Feuerzeugen nicht im Trend. Sie wurde in der Trafik in St. Georgen im Attergau meist von anderen Rauchern belächelt, wenn sie sich dort ihren Tabakvorrat und Flüssigbenzin holte.

Jakob kam zurück, tätschelte Gerda den Kopf und stellte einen Aschenbecher mit einer Streichholzschachtel auf den Tisch. Genussvoll inhalierte Vera den ersten Zug tief in ihre Lungen und stieß den Rauch geräuschvoll aus.

»Wann kommen die drei denn wieder zurück? Wie lange bleibt Gerda bei dir?«

Sie war froh, dass sie das Tier nicht aufnehmen musste, so wie letzten Sommer. Der Hund hatte Helenas Nachbarin gehört, einer alten Frau, die im August nach einer Operation nicht mehr aufgewacht war. Werners Lebensgefährtin und ihr Sohn Alexandros hatten eine innige Beziehung zu dem Tier aufgebaut, und so lag es nahe, dass sie Gerda zwischenzeitlich aufnahmen. Erst vor einer Woche hatte das Verlassenschaftsverfahren ergeben, dass keiner der Erben gewillt war, ihn aufzunehmen. Helena hatte mit Werners Vater vereinbart, dass er den Golden Retriever zu sich nahm, wenn sie oder Alexandros für das Tier keine Zeit hatten. Die paar Tage in Griechenland waren somit ein erster Test, ob es so mit den beiden alten Herren klappen würde.

»Irgendwie passt der Hund zu dir und zu eurem Männerhaushalt!«

Werner, der mit Jakob in Weyregg dieses kleine Haus hier bewohnte, hatte von diesem Abkommen keine Ahnung – noch nicht.

Jakob gab bereitwillig Antwort: »Die drei kommen morgen von Korfu zurück. Gerda bleibt vorerst bis Mitte der Woche bei mir. Stell dir vor, gestern hat der Hund tatsächlich versucht, an der Haltestelle in den Bus einzusteigen. Ich konnte ihn nur schwer davon abhalten.«

Vera drückte die Zigarette aus und erhob sich, um sich zu strecken. »Wahrscheinlich ist seine alte Besitzerin öfter mit ihm Bus gefahren, und er sucht sie dort. Kannst du bitte die gebügelte Wäsche aus dem Korb nehmen, Jakob? Ich würde ihn gerne ins Auto legen, damit ich ihn nicht vergesse.«

Der rüstige Pensionist sprang auf. »Ja, gute Idee, wir müssen ohnehin gleich los. Wir wollen das Schiff ja nicht verpassen.« Damit verschwand er kurz hinter der Glastür, die ins Haus führte.

Vera war so hilfsbereit und hatte seit dem Tod ihrer Schwester das Wäschewaschen für den Männerhaushalt übernommen. Sie selbst lebte in ihrem Elternhaus auf der gegenüberliegenden Seeseite in Palmsdorf.

Und jetzt hatten sie vor, mit einer Sonderfahrt der Attersee-Schifffahrt das Kastanienfest in Unterach zu besuchen. Nach zwei Stunden Aufenthalt würden sie wieder die Rückfahrt antreten.

Plötzlich war hinter der Gartenhecke zum Nachbargrundstück ein Geschrei zu vernehmen: »Verschwinde! Raus da! Scheißköter. Ich stech dich ab, du Mistvieh!«

Jakob erschien mit dem Plastikkorb in der Terrassentür. Er stellte ihn rasch auf der Gartenbank ab und lief zur blickdichten Hecke: »Gerda! Was machst du da!«

Er versuchte mit beiden Händen, die Thujen auseinanderzuschieben, um hinüberzusehen, was ihm jedoch nicht gelang.

Erneut war die Stimme des Nachbarn zu hören: »Jakob!

Gehört der Hund zu dir? Hol das Scheißvieh aus meinem Pool raus. Der versaut mir das ganze Wasser.«

Vera ließ erneut ihre Zigaretten fallen, dieses Mal aufgrund eines Lachanfalls, während Jakob das Nachbargrundstück aufsuchte, um das lebendige Störelement zurückzuholen. Gerda schüttelte sich mehrmals und verteilte das Wasser aus ihrem Fell unter anderem auf die Kleidung seines Herrchens auf Zeit.

7.
SAMSTAGNACHMITTAG

Unterach am Attersee, Ortsteil Misling

Beim dritten abebbenden Signalton der Sirene stand sie bereits vor dem roten, sich automatisch aufrollenden Tor des Feuerwehrdepots. Der Kommandant der Freiwilligen Feuerwehr in Misling parkte soeben seinen Wagen neben ihrem Fahrrad auf den vorgesehenen Parkplätzen. Es würde nicht lange dauern, bis weitere Fahrzeuge mit Einsatzwilligen eintrafen, deren es am Wochenende immer mehr waren als an Werktagen.

Petra war extrem angespannt, denn ihr erster richtiger Einsatz stand bevor. Auch wenn meist eine Alarmierung nichts Gutes bedeutete, freute sich die 17-jährige HTL-Schülern darauf und hatte Mühe, dies vor Ludwig Berndorfer, genannt Luki, zu verbergen.

»Zieh dich sofort um. Du kommst gleich mit mir zur Erkundung für den Erstangriff! Wir haben einen Brand oberhalb vom Temlhof. Beeil dich!«

Hatte sie richtig gehört? Er nahm sie als Assistentin mit zur Beurteilung eines Brandes? Cool! Sie hatte sich eigentlich eher an einer der Pumpen oder beim Schlauchausrollen gesehen. Doch stattdessen würde sie Teil des Kommandos sein. Besser konnte es nicht laufen! Sie flitzte aufgeregt zu ihrem Platz, um in ihre neue Uniform zu schlüpfen, einer Balldebütantin gleich, die zum ersten Mal ihr Tanzkleid trug.

Um zu ihrem Helm zu gelangen, musste sich sie strecken. Dabei las sie mit stolzer Miene ihren eigenen Namen, der seit ein paar Tagen hier als Beweis der Feuerwehrzugehörigkeit angebracht war.

Nun trudelten eine Menge junger und alter, männlicher und weiblicher Mitglieder ein. Im Nu standen sie in Unterwäsche vor ihren offenen Spinden, um sich die Einsatzuniformen anzuziehen. Einige Männer waren so dick, dass sie sich schier in die Uniform zwängen mussten. Aber es war keine Zeit für falsche Scham, etwas witzig zu finden oder sich nach den ausgefallensten Unterhosen umzusehen, was manchmal nach erfolgreicher Vollendung des Einsatzes zu einem lustigen Voting führte. Der Preis für Mr. Underwear, den die Frauen an die Männer vergaben, war meist ein Bier oder eine Limonade, dabei wurde auf humorvolle Art Adrenalin und Stress abgebaut und über den Einsatz gesprochen.

Petra zwängte sich durch die Menge ins Freie, lief zu Lukis verschmutztem Pick-up, bei dem ihr Kommandant bereits wartete und einstieg, sobald er sie sah. Er öffnete von innen die Beifahrertür und reichte ihr sein Funkgerät.

»Los geht's. Schnall dich an. Frau Zieher, wir ziehen los!«

Er versuchte oftmals, witzig zu sein, was ihm nicht immer gelang.

Beim Betätigen der Zündung ging das Autoradio an, und es ertönte das Titellied von »Feuerwehrmann Sam«, das natürlich alle Elternteile feuerwehrbegeisterter Kinder kannten. Luki drückte auf eine Taste und reichte Petra die ausgeworfene CD-Scheibe. »Steck sie bitte ins Handschuhfach. Die ist sehr wertvoll. Gehört meinem Kleinen. Ich kenne das Hörspiel in- und auswendig.«

Sie war etwas verwundert, dass er im Auto noch analoge Hörmedien abspielte. Sie selbst speicherte alles auf ihrem

Handy und hörte mittels Bluetooth über Ohrstöpsel die Musik und nahm damit auch Telefonate entgegen.

»Bist du nervös? Aufgeregt?«, fragte Luki, ohne sie anzusehen.

»Ja, irgendwie schon. Aber sind das nicht alle? Egal wie lange sie dabei sind?«

Berndorfer lachte: »Ja, da hast du allerdings recht!«

Das Feuerwehrdepot lag keine 300 Meter über der Ortschaft am See. Die Egelseestraße führte weiter hinauf, und nach ein paar Minuten Fahrt war das Feuer schon zu sehen. Ein Heustadel in Waldnähe stand in Brand.

»Mist! In den letzten Wochen gab es zu wenig Regen. Dazu dieser Wind heute, da müssen wir den Wald vor dem Funkenflug schützen.«

Er parkte auf einer Wiese unweit des Hanges, auf dem sich das lichterloh brennende Gebäude befand. Dichter schwarzer Rauch stieg auf, kreiselte herum, so wie ihn der Wind steuerte. Sie liefen nach oben, wobei Ludwig einen von einem Traktor ausgefahrenen Weg zur Scheune ausmachte, der die Zufahrt für die Kollegen erleichtern würde – er setzte eine kurze Meldung über das Funkgerät an den Pinzgauer Löschwagen ab. Sie waren einige der wenigen Feuerwehren, die noch so einen alten Einsatzwagen hatten, der mühelos auf unwegsamem Gelände zu seinem Ziel fand. Er wurde von allen Autofreunden unter ihnen gehegt und gepflegt wie ein unersetzbares Relikt.

Das Feuer produzierte neben den hellen Flammen in prächtigen Gelb- und Rottönen und der enormen Hitze ein ständiges Knistern, Knacken und Zischen, begleitet vom Krachen berstender Holzbalken.

Der Dachstuhl war zwar noch vorhanden, doch würde es vermutlich nur mehr wenige Minuten dauern, bis alles in einem Funkenregen einstürzte.

»Petra, was oder wen würdest du an meiner Stelle jetzt anfordern?«

Die Signalhörner der sich nähernden Löschfahrzeuge waren zu hören, und das Blaulicht drängte sich in ihr Sichtfeld. Sie räusperte sich und wusste nicht, was sie antworten sollte.

»Wir müssen uns jetzt schnell entscheiden. Was machen wir? Haben wir genug Wasser in unseren Fahrzeugen?«

»Nein, sicher nicht. Wir benötigen eine Leitung vom See herauf, denn ein Hydrant ist vermutlich hier nicht in der Nähe.«

»Korrekt, sehr gut, Petra«, lobte Ludwig. Er betätigte das Funkgerät und orderte über den Kameraden in der Floriani-Station im Depot weitere Feuerwehren an. Die Unteracher und die Au-Seer waren beim Erstalarm informiert worden und sicherlich schon unterwegs.

Der Kommandant reichte der jungen Frau ein Klemmbrett mit Notizblock, auf dem sie die wichtigsten Fakten notieren sollte.

»Notier unsere beiden Namen darauf, es ist wichtig zu wissen, wer das hier verfasst hat. Befehle bitte mitschreiben. Ich weiß, dass das nun stressig wird, aber das gehört dazu.«

Nach einem kurzen Kontrollblick ergänzte er ihrer beider Nachnamen sowie die Dienstgrade, da Petra nur die Vornamen vermerkt hatte, und nickte ihr abschließend wortlos zu.

Währenddessen rollten ihre Kolleginnen und Kollegen in enormer Geschwindigkeit die Schläuche aus und montierten die Strahlrohre, um mit den Löscharbeiten beginnen zu können.

»Brauchen wir eine Atemschutztruppe?«, fragte Ludwig. »Besteht die Gefahr, dass sich jemand in dem brennenden Gebäude befindet? Schnell, Petra, wir müssen das sofort entscheiden!«

Obwohl sie physisch an der Brandbekämpfung nicht mitarbeitete, war Petra schweißgebadet. Sie blickte hektisch umher. Das hier war echt ein Riesenstress!

»Ich glaube nicht!«, gab sie zur Antwort.

»Was glaubst du nicht?« Berndorfers Stimme wurde lauter.

»Dass jemand in dem Gebäude ist.«

»Und warum brennt es dann?«

»Äh, kann ich das wissen?«

»Ja, kannst du, wenn du eine gute Beobachterin bist. Also, wir werden nicht in das brennende Gebäude eindringen. Es handelt sich um Brandstiftung.« Er zeigte auf die teilweise zu Klumpen geschmolzenen Kunststoffkanister, die trotz der Rauchentwicklung neben dem Stadel deutlich zu sehen waren.

»Wie heißt der Spruch, unser Motto?«

»Löschen, retten, bergen.«

Inzwischen waren ein Rettungswagen und ein Wagen der Polizei eingetroffen.

»Wenn wir niemanden bergen müssen, weshalb brauchen wir dann die Rettung?«, fragte Petra, nachdem der Kommandant wieder einige Befehle ins Funkgerät gebellt hatte.

»Weil wir selbst mitunter auf Hilfe angewiesen sind, wenn sich jemand beim Einsatz verletzt. Könnte sein, dass sich im Gebäude motorbetriebene Geräte befinden oder Behälter mit leicht entzündbarem Material, das explodieren könnte. Das war die dümmste Frage, die du bisher gestellt hast.«

Die aufsteigende Schamesröte in ihrem Gesicht wurde glücklicherweise durch den Helm etwas kaschiert. Petra wusste, dass die Äußerung nicht vorwurfsvoll gemeint gewesen, sondern lediglich eine sachliche Feststellung war. Sie bewunderte die bedachte und professionelle Vorgehensweise ihres Kommandanten.

Von überall waren Signalhörner zu hören, und alle arbeiteten daran, eine an die zwei Kilometer lange Schlauchleitung zu legen.

Während Berndorfer ständig den Wald, den Wind und das auflodernde Feuer im Auge behielt, holte er einen älteren, erfahrenen Kameraden zu sich – den dicken Schobesberger Titus aus Fasching, ein Urgestein der Feuerwehr, der fast viermal so alt war wie Petra. Sie mochte ihn, auch wenn er manchmal sehr ruppig im Umgang mit jüngeren Mitgliedern war und fern aller Gendernormen agierte.

Ein Polizist gesellte sich ebenfalls zu ihnen. Er und seine Kollegin waren ersatzweise vom Mondsee herübergekommen, da die Unteracher Ordnungshüter mit der Klärung eines Unfalles auf der Umfahrungsstraße beschäftigt waren.

Ein Bauer aus der Umgebung kam mit seinem Traktor und dem Güllefassanhänger von oberhalb des Weges. Der Polizist wollte ihm entgegenlaufen, um ihm die Weiterfahrt zu verwehren.

»Lass ihn durch«, rief Ludwig, doch außer den Umstehenden hatte ihn niemand gehört.

Schobesberger gab in urtümlicher Mundart seiner jungen Kollegin einen Befehl: »Dirndl, renn zu dem Kiwara und sag ihm, dass er das Odlfass durchlassen soll. Das ist der alte Schurl, der bringt Flüssigkeit, die wir genauso verwenden können. Unser Wasser ist jeden Moment aufgebraucht. Hoffentlich steht bald die Leitung. Damit wir den Wald schützen können.«

Beim Laufen bemerkte Petra schmerzhaft, dass sie den Helmriemen zu wenig fest unter ihrem Kinn angezogen hatte. Die Kopfbedeckung ruckelte im Rhythmus des Laufschrittes auf ihrem Kopf hin und her, und sie kam sich wie ein kleines Kind vor, das den viel zu großen Helm vom Vater aufgesetzt hatte.

Minuten später wurde das Wasser, das der Bauer zum Reinigen des Fasses eingefüllt hatte, mittels einer Pumpe abgesaugt und über das brennende Gebäude verspritzt. Einige der Einsatzkräfte sahen belustigt zu und rümpften übertrieben die Nase, da man am Geruch erahnen konnte, woher die Flüssigkeit stammte.

Petra erkannte, dass sie noch viel zu lernen hatte.

8.
SAMSTAGNACHMITTAG

Korfu, Griechenland

Der kulinarische Teil des Tauffestes war in einer Taverne außerhalb der Hauptstadt geplant. Da es verhältnismäßig warm war, empfing eine mit typisch hellenistischen blauen Tischtüchern gerichtete Tafel die Erwachsenen und Kinder im Freien, zwischen Olivenbäumen und Sträuchern mit Zitrusfrüchten und Blick aufs in einiger Entfernung liegenden Meer. Werner, vermutlich der einzige Ausländer unter den Insulanern, war dankbar für die Unterstützung von Alexandros, der an seiner Linken saß und ihm die wichtigsten Abläufe und Verhaltensweisen der feiernden Gesellschaft übersetzte sowie erklärte. In Griechenland hatte der Junge nichts dagegen, bei seinem vollen Namen genannt zu werden.

Helena hatte für ihre beiden Männer wenig Zeit und schwirrte zwischen den vielen Gästen umher, die sie angeblich alle kannte. Sie blühte unter ihresgleichen auf. Die Griechin, die sie hier gab, und jene, die Werner aus Österreich kannte, waren sich zwar sehr ähnlich, doch die vage Vermutung, dass es auf Korfu eine Zwillingsschwester von ihr gab, drängte sich ihm bei seinen Beobachtungen auf. Er begleitete Helena nun schon zum zweiten Mal auf die ionische Insel und hatte bereits beim ersten Mal diese Veränderung an ihr bemerkt. Er fragte sich, wie Alexandros sich hier fühlte – sehr glücklich und zufrieden sah er nicht aus, obwohl er sich zu Hause gerne mit seinem Mutterland auseinandersetzte. Zwei Kinder, ein Mädchen und ein Junge etwa in seinem Alter, saßen ihnen gegenüber. Doch außer ein paar Sätzen, in denen Alex sich und Werner vorstellte und erklärte, dass sie nicht *Germanós*, sondern *Afstriakós*, also aus Österreich seien, schien der junge Halbgrieche kein Interesse an der Konversation mit den Gleichaltrigen zu haben. Es war nicht das erste Mal, dass Werner diese Distanz spürte, die Alex Fremden gegenüber aufbaute. Er nahm sich vor, nach der Rückreise mit Helena darüber zu sprechen.

Rechts von Werner saß ein älterer Mann mit vernarbtem Gesicht und spärlichem weißen Vollbart, der ihm bisher nur ein freundliches wortloses Lächeln geschenkt hatte. So war Werner nichts anderes übrig geblieben, als die Rolle des passiven Beobachters einzunehmen. Nun stand der alte Mann auf, deutete an, eine Zigarette rauchen zu wollen, und entfernte sich.

Kyra, das Mädchen gegenüber, versuchte nochmals, mit Alexandros ein Gespräch zu beginnen. Dabei sprach sie langsam, um ihm die Möglichkeit zu geben, ihren Worten besser folgen zu können. Jetzt taute Alex etwas auf, fragte nach und sah Werner kurz erstaunt an. Kyras Bruder namens Markos fiel ebenso in die Konversation ein, auch wenn er weniger Rücksicht nahm als seine Schwester. Er zeigte einige Male auf den eben leer gewordenen Platz, erklärte hinter vorgehaltener Hand etwas, was alle drei belustigend fanden, und prustete kurz los, um sich gleich wieder zu fangen.

Werners Neugierde war geweckt, und er beugte sich zu seinem jungen Freund, in der Erwartung, in die Geheimnisse der drei eingeweiht zu werden. Währenddessen näherte sich rechts von ihm wieder der nun nach Nikotin riechende Mann und ließ einem jungen Kellner zuerst zwei volle Serviteller mit diversen Vorspeisen am Tisch abstellen, bevor er wieder Platz nahm.

»Alex, verrätst du mir, was du eben erfahren hast?«, fragte Werner, nachdem der Junge keine Anstalten machte, ihn in sein Geheimnis einzuweihen.

Wieder folgte ein verstohlenes Lachen der drei Kinder, die sich jetzt nicht mehr getrauten, zu Werners Sitznachbarn hinzusehen.

Während weitere beladene Teller abgestellt wurden und alle begierig auf die Speisen blickten, klärte Alexandros Werner auf. »Der Mann neben dir kann dich nicht hören. Er ist taub und wird von allen nur *Theios* genannt, das bedeutet auf Deutsch Onkel. Wenn du genau hinschaust, kannst du sehen, dass er an der rechten Hand nur drei Finger hat. Die anderen beiden hat er vor vielen Jahren durch eine Bombe verloren. Auf Zypern.«

»Aha. Und was ist dabei so lustig?«

»Bisher gar nichts, aber Markos hat mir verraten, dass er dabei auch einen ... einen ... Hoden verloren hat, oder beide.«

Und schon prustete er wieder los, wobei das Geschwisterpaar um das Thema wissend mit einfiel. Der kindlichen Unbekümmertheit und zugleich aufkeimenden pubertären Peinlichkeit konnte er in diesem Moment als vernünftiger Erwachsener nichts entgegensetzen.

Der alte taube Onkel, vermutlich daran gewöhnt, zum Gespött der anderen zu werden, quittierte das Geschehen mit einem müden Lächeln und widmete sich mit deutlicher Freude dem kredenzten Essen und dem Wein.

Werner fand Parallelen zwischen ihnen beiden. Zweifelsfrei hatten sie ihm den Alten absichtlich an die Seite gesetzt. Zwei grundverschiedene Menschen, die aus genauso unterschiedlichen Gründen dem Geschehen mangels Verständnis kaum folgen konnten. Von vielen Feiernden freundlich begrüßt, jedoch gönnerhaft belächelt, was sie unmissverständlich zu Fremdkörpern beziehungsweise zu Schwachköpfen degradierte. Denn durch die Sprachbarriere waren sie von den meisten Unterhaltungen und dem Sinn der feierlichen Rituale ausgegrenzt. Wobei der alte Grieche mit den hiesigen Festen natürlich trotzdem vertrauter war als er, der *Afstriakós*.

Um Alexandros nicht zu oft als Dolmetscher und Reisebegleiter in Beschlag zu nehmen, war Werner dem Beispiel des gehörlosen Mannes gefolgt und hatte sich den griechischen kulinarischen Spezialitäten zugewandt. Einige Gerichte hatte er im Laufe des Jahres, das er mit Helena zusammen war, kennengelernt, auch wenn er sich die meisten der griechischen Bezeichnungen nicht merken konnte.

Die Chefin der Taverne hatte sich für dieses Familienfest mit ihrer Kochkunst verausgabt. Werner liebte die mediterrane Küche wie zum Beispiel Fava, einen Erbsen-Dip, der hier mit Kapern bereichert wurde. Zusammen mit dem Olivenweißbrot, das er nur von hier kannte, würde es ihm sogar als Hauptspeise genügen. Tsatsiki, gefüllte Weinblätter, nicht identifizierbare Fischgerichte, die er aus optischen Gründen nicht essen würde, und der herrlich schmeckende gebratene Käse, der einen für ihn japanisch klingenden Namen besaß, den er sich ebenfalls nie und nimmer merken konnte.

Weiters gab es verschiedene Salate, wahlweise mit Feta, Fisch, Huhn und anderen Fleisch- und Gemüsesorten. Sowie vegane Speisen. Die alternative Ernährungsweise hatte offensichtlich auch die griechische Inselwelt erreicht.

Der Retsina, ein mit Harz versetzter typischer Weißwein, war Werners Kommunikationsmittel mit seinem Sitznachbarn. Ihm mit vollem Mund zunickend, zuprostend und einfache Handzeichen verwendend, war der familiären Verpflichtung, die für ihn genau genommen gar nicht bestand, seinerseits Genüge getan.

Der Lärmpegel beim Essen und ebenso danach war für ihn kaum zu ertragen. Hatte der Vater des Taufvaters lauter geschrien oder war er von der Mutter der Kindsmutter noch übertönt worden? Oder gar von der Getauften? Melina, die Honigsüße, der scheinbar genauso alles zu viel geworden war, protestierte lautstark mit dem einzigen Mittel, das ihr zur Verfügung stand: ihrer Stimme. Kurz beneidete Werner den tauben Onkel, der zufrieden das Dasein in der eigenen Stille genoss und den Kindern zuzwinkerte, die ihn interessiert und mit ein wenig schlechtem Gewissen musterten.

Im Laufe des ersten Teils der Verköstigung war die quirlige und trotzdem liebevolle Ansammlung von 25 Verwandten zu einer Meute von beinahe 50 Feiernden angewachsen. Die Tavernen-Chefin, über die Werner inzwischen erfahren hatte, dass sie so wie der Onkel neben ihm aus Zypern stammte, flitzte mit ihren zwei Helfern herum, brachte und holte Teller, Gläser und Flaschen. Beim Abservieren hatte sie kurz ein paar Worte mit Werner auf Englisch gewechselt.

»Na, wie geht es meinen zwei Männern?« Helena schob sich von hinten zwischen die beiden und drückte jedem einen Kuss auf die Wange, was Alexandros, der Beobachtung der Gleichaltrigen ausgesetzt, unangenehmer fand als Werner. »Unterhaltet ihr euch gut? Hat es geschmeckt? Die Platten mit den Hauptspeisen werden bald aufgedeckt.«

Die Fragen schienen rein rhetorisch zu sein, denn schon erhob sich Helena wieder mit den Worten: »Und bis dahin vertreibt uns Kyros die Zeit mit Musik.«

Werner, der sie wegen des Lärms nicht verstanden hatte, erwiderte: »Ja, Gyros liebe ich auch.«

Das Lachen von Alexandros, der als Einziger den Hör- und Interpretationsfehler mitbekommen hatte, ging im Applaus unter, der dem Musiker namens Kyros galt.

Helena, die Hand auf Werners Schulter abgelegt, blickte gespannt auf den Gitarristen, in Erwartung des ersten musikalischen Beitrags.

Der Mann, dessen Name für Werner wie eine griechische Speise klang, sprach ein paar Worte, welche viele Gäste mit zustimmendem Nicken goutierten. Ein skandierender Sprechgesang animierte nicht nur Helena, sofort mit einzustimmen. Und als wäre es vorher geprobt worden, übernahmen im Folgenden manche Verse die Frauen und andere die Männer. Gitarrenklänge änderten nun den Rhythmus, und der Musiker sang allein weiter, eine Melodie, die Werner nur zu gut kannte. Es war eines der Lieblingslieder seiner verstorbenen Mutter und hieß in der deutschen Version von Nana Mouskouri »Weiße Rosen aus Athen«. Er sollte später erfahren, dass dieser Welthit im griechischen Original »San Sfyrixis Tris Fores« nichts mit weißen Rosen zu tun hatte, sondern übersetzt »Wenn du dreimal pfeifst« hieß. Jedoch auch hier von Nana Mouskouri erstmals gesungen. In anderen Sprachen erhielt der Song mit neuem Text dann neben der deutschen Variante »Weiße Rosen aus Athen« zum Beispiel den französischen Titel »Roses blanches de Corfou«, da es die Klangfarbe der Sprache erforderte. Und wohl aus diesem Grund beendete der Musiker das Lied mit dem französisch gesungenen Refrain, was zu einem frenetischen Applaus führte, dem sich sogar der gehörlose Onkel anschloss.

9.
SAMSTAGNACHMITTAG

Unterach am Attersee

Benno hatte das Geld in einer kleinen verschließbaren Metallkasse verstaut und diese in einer seiner Schreibtischladen ganz nach hinten geschoben. Inzwischen hatten sich knapp 15.000 Euro angesammelt, genau genommen 14.900. Denn in einer der letzten Sendungen hatte sich ein Hunderter zu wenig befunden. Ob es Absicht gewesen war oder der Erpresste sich verzählt hatte, war Benno egal. Jetzt fehlte nur noch eine Zahlung, dann konnte er das Unternehmen Blackmail-Urology, wie er es selbst getauft hatte, abschließen. Vor über einem Jahr hatten Profihacker eine große und bedeutsame Universitätsklinik attackiert und dabei unzählige Daten gestohlen. Akten, Berichte und Diagnosen von Personal sowie Patienten. Das Klinikum hatte sich geweigert, der enormen Lösegeldforderung nachzukommen, und so waren all diese Daten im Darknet veröffentlicht worden.

Und in dieser Welt bewegte Benno sich täglich, was so aber noch nicht illegal war. Infos aus der dunklen Datenwelt zu besorgen, waren dabei unter anderem Dienste, die er Dritten anbot und die ihm den Namen IT-Beni eingetragen hatten. Selbst für die Polizei am Attersee hatte er schon nach Hinweisen und Informationen gesucht, da die Sicherheitsbeamten laut Datenschutzgesetz nicht jede zur Verfügung stehende Plattform und Webseite durchsuchen durften. Die europäischen und vor allem die österreichischen

Beamten und Politiker bauten ständig gesetzliche Hürden auf, über die die internationalen Hacker und Trollfabriken nur lächeln konnten, da ihre illegalen Arbeiten dadurch um einiges einfacher und weniger verfolgbar wurden.

Die gehackte Klinik führte neben anderen wichtigen Abteilungen eine spezielle für urologische Belange. Für Benno war es ein Leichtes, an diese heiklen Patientendaten zu kommen. Einem kostenlosen Selbstbedienungsladen gleich konnte er alles finden, was er für kleine Erpressungen benötigte. Namen, die dazugehörigen Kontaktdaten und die heiklen Diagnosen und Berichte zu diversen Operationen. Kaum ein Mann würde die operativen Eingriffe an seinem besten Stück und die weiteren nötigen Therapien der Öffentlichkeit preisgeben wollen. Und genau dies drohte Benno den Betroffenen an, sollten sie die verlangten 2.000 bis 3.000 Euro – je nachdem, wie er ihr Vermögen einschätzte – nicht zahlen wollen. Induratio Penis Plastica, die medizinische Bezeichnung für Penisverkrümmung, oder implantierte Pumpen bei Impotenz waren nur zwei Beispiele. Benno war überrascht, wie vielfältig die medizinisch-urologischen Hilfsmöglichkeiten in diesen und ähnlichen Fällen waren. Und vor allem die Eingriffe und Rettungsmaßnahmen nach missglückten Selbstbefriedigungsversuchen mit allerlei ungewöhnlichen Hilfsmitteln, egal ob angebracht oder eingeführt, boten genug Angriffsfläche für Erpressungen.

Er selbst konnte trotz seiner Fettleibigkeit nicht über eine mangelnde Libido klagen, derer er stets allein Abhilfe schaffte, denn für eine Freundin oder Prostituierte fehlte ihm das nötige Selbstwertgefühl.

Einige Kunden, wie er sie bezeichnete, hatten wie gefordert mit Bitcoins bezahlt. Andere, die nicht über diese modernen Zahlungsmittel verfügten, schickten das Geld an das Postfach in Mondsee. Er hatte sich nichts dabei gedacht, Ingeborgs Namen dafür zu verwenden.

Nebenbei hatte er auch in den gestohlenen Daten Befunde und Berichte von adipösen Patienten entdeckt. Fettabsaugungen und das Setzen von Magenringen waren dabei – alles Vorgänge, die auch ihm blühten und vor denen er entsetzliche Angst hatte. Selbstverständlich waren fettleibige Menschen für seine kriminellen Machenschaften tabu, gehörten sie doch zu seiner Spezies.

Er erinnerte sich an eine Anfrage eines Polizeibeamten aus Schörfling, die ihn vor ein paar Tagen erreicht hatte und der er bisher noch nicht nachgegangen war. Sie war auf Vermittlung von Jürgen hin eingegangen, einem Polizisten aus Unterach, für den er schon öfter etwas erledigt hatte. Schuldbewusst öffnete er die Mail. Werner Adler bat ihn um einen privaten Gefallen. Er wollte etwas über das frühere Leben seiner griechischen Geliebten wissen, die in Deutschland gelebt hatte und mit ihrem Sohn nach Österreich gekommen war. Sie machte ein großes Geheimnis um ihre Familie und die Herkunft ihres Sohnes. Hatte lediglich erklärt, dass der Vater des Jungen kein Grieche sei.

Die Recherche würde für Benno voraussichtlich in ein paar Stunden erledigt sein. Er hatte mit dem Polizisten vor zwei Jahren flüchtig Kontakt gehabt und ihn unter seinem ursprünglichen Nachnamen Zufall kennengelernt. Er hatte dies amüsant gefunden.

Mit seinen kurzen Fingern, die einzigen Körperteile, die keine adipösen Züge aufwiesen, betätigte er die Tastatur und kopierte die Daten der Frau in die Zwischenablage:

Helena Galanis, geboren am 28. Februar 1989 auf Korfu. Sie hatte angeblich einige Jahre in Stuttgart und dann in Köln gelebt. Mehr Informationen befanden sich nicht in der Mail. Bisher hatte er zu jeder Person, der er nachspüren sollte, etwas herausgefunden, und er bezweifelte nicht, dass es in diesem Fall genauso sein würde. Mit dieser Gewissheit begab er sich auf die Suche. Auf eine seiner täglichen Reisen in die Weiten und Tiefen des Internets und Darknets. Nicht umsonst trug er den Beinamen IT-Beni.

10.
SAMSTAGNACHMITTAG

Gemeindegebiet Nußdorf am Attersee

Ingeborg Haslinger hatte die Spülmaschine ausgeräumt, den Filter gereinigt und wieder eingesetzt. Zurzeit gab es kaum Geschirr oder Tischwäsche zu versorgen. Ihre Frühstückspension hatte seit ein paar Tagen nur einen einzigen Gast. Eine Vertreterin für Putzmittel, die von hier aus ihre Touren im Salzkammergut und nach Salzburg machte. Und ab Sonntag würde ihr Jugendfreund Werner Adler ein Zimmer beziehen und gelegentlich hier übernachten.

Wieder einmal, und dieses Mal für mehrere Wochen, war die Straße zwischen Weyregg und Steinbach wegen Holz- und Straßenarbeiten gesperrt. Jeden Tag gab es nur kurze Zeitfenster, an denen man die Strecke befahren durfte. Somit fuhren außer den Schülertransporten in der Früh keine Busse mehr vom Norden des Sees über die Ostseite in den Süden. Es gab nur kilometerlange Ausweichrouten. Aus diesem Grund hatte sie dem Polizeibeamten ein Zimmer angeboten, für die Zeit, in der er in Unterach Dienst schob.

Mit Werner verband sie eine langjährige Freundschaft, die bis in die Schulzeit zurückreichte. Sie kannte seine Ängste und Sorgen, seine Suche nach dem privaten Seelenfrieden und wusste, dass er seinen Beruf gerne ausübte. Sie war im Bilde über seine Abscheu vor Gewalt und seine panische Angst bei Kontakt mit Toten, der er in letzter Zeit beruflich leider mehrmals ausgesetzt gewesen war.

Sie freute sich für ihn, dass er in Helena eine Frau gefunden hatte, die er abgöttisch liebte. Ein bisschen zu sehr, ihrer Meinung nach, denn wenn er von ihr erzählte, erinnerte er sie an einen frisch verliebten Teenager.

Schritte über die Treppe herab lenkten ihre Aufmerksamkeit auf das Bevorstehende des restlichen Nachmittags und Abends. Sie wandte sich ihrem weiblichen Gast zu. »Beatrice, ich bin gleich fertig, muss nur noch meine Jacke holen. Bist du wetterfest angezogen? Heute bläst der Wind ordentlich, und das Kastanienfest ist direkt am Hauptplatz beim See.«

In leichtem bayerischem Akzent antwortete die Reisende: »Ja, bin dick eingemummt. Danke, dass du mich mitnimmst. Ohne dich würde ich das ganze Wochenende im Zimmer versauern und meine Verkaufsgespräche analysieren.«

Beim Einsteigen in den dunkelblauen Peugeot fügte sie hinzu: »Ingeborg, ich muss dich warnen, ich bin eine furchtbare Beifahrerin.«

Lachend startete die Gastgeberin den Motor. »Schlimmer, als mein Vater es war, kannst du nicht sein. Ich bin einiges gewöhnt.«

Während der kurzen Fahrt von der Frühstückspension in Stockwinkel am Ufer entlang ans südliche Ende des Sees erklärte sie ihrer Begleiterin das örtliche Herbstfest. Unterach war der einzige Ort am See, der direkt am Wasser sein Ortszentrum hatte. Über das ganze Jahr gesehen wurden hier viele Feste und Feiern veranstaltet.

»Du musst im August mal kommen, wenn die Wasserrettung das große Seefest abhält. Der ganze Ort feiert, und in der Nacht gibt es ein großartiges Feuerwerk. Müsstest mir nur rechtzeitig Bescheid geben, denn im Sommer bin ich immer ausgebucht.«

Beatrice nickte dankend. »Darf ich dich etwas fragen?«, wechselte sie dann das Thema. »An eurer Klingel beim Haus steht auch ein Männername. Bist du verheiratet oder stehst du in einer Beziehung?«

»Ja, das fragen alle, die uns noch nicht kennen. Mein Mann Hubert lebt von April bis Ende Oktober die meiste Zeit in Spanien. Er betreibt dort eine Charter-Firma für Jachten. Wir haben uns daran gewöhnt, auch wenn sich viele Paare das nicht vorstellen könnten. Nächste Woche kommt er wieder, und dann machen wir Urlaub und fliegen in die Karibik.«

Plötzlich schrie Beatrice laut auf, woraufhin Ingeborg reflexartig auf die Bremse trat. Beide Frauen wurden mit Wucht in die Sicherheitsgurte geworfen, und nur die dicken Jacken verhinderten, dass sie sich durch die Gurte Verletzungen an der Brust zuzogen. Mit Dauerhupen überholte sie von hinten ein weißer Wagen mit Gmundner Kennzeichen.

»Was ist los?«, fragte Ingeborg erschrocken.

»Sorry, hab dich ja gewarnt, ich dachte, wir fahren da vorne in den See hinein.«

Ingeborg schüttelte den Kopf und setzte die Fahrt mit reduzierter Geschwindigkeit fort. »Das ist zwar eine scharfe Kurve, doch dafür ist ja ein Verkehrsspiegel zur Entschärfung angebracht. Glaube mir, seit ich denken kann beziehungsweise Auto fahre, habe ich noch nie gehört, dass an dieser Stelle jemand versehentlich geradeaus ins Wasser gefahren ist.«

Die Sonne schenkte dem See und der jetzt vor ihnen liegenden Bucht ein Funkeln und Glitzern, einem Lichtermeer gleich, das kein Künstler auf diese Art nachstellen könnte.

»Mein Gott, ist das schön hier«, staunte Beatrice. »Kannst du da vorne bitte mal anhalten? Ich möchte ein Foto machen.«

Doch einige Meter weiter kamen sie ohnehin zum Stehen, vor ihnen der Wagen, der sie vorhin überholt hatte. Die

Feuerwehr war zugange, und mehrere Einsatzkräfte rollten gerade Schläuche zusammen.

»Ah, da oben hat's gebrannt. Hab nur auf Facebook gesehen, dass ein Brandalarm wegen eines landwirtschaftlichen Objekts in Misling abgesetzt worden war.«

Beide Frauen sahen rechts nach oben und dann auf die beschäftigten Feuerwehrleute.

»Jetzt kannst aussteigen!«

»Warum? Sind wir schon da?«

»Nein, Schatzerl. Du wolltest ja den See fotografieren.«

Kaum hatte Ingeborg ausgesprochen, war Beatrice auch schon ausgestiegen und lief mit dem Handy herum, wobei auch die hantierenden Einsatzkräfte in der Galerie ihres Smartphones Platz fanden.

Der Fahrer des Fahrzeuges mit Gmundner Kennzeichen lief ebenfalls zwischen seinem Wagen und der Absperrung mit einem Telefon hin und her. Aber nicht, um zu fotografieren, sondern um laut und von heftiger Gestik begleitet zu telefonieren.

Nach einigen Minuten wurde ihnen ein Zeichen gegeben, dass die Straße gleich wieder geräumt sein werde.

Beatrice stieg ein, mit einem Anliegen auf ihren Lippen: »Bitte nenne mich nie mehr Schatzerl. Das erinnert mich an eine Geschichte, von der ich froh bin, sie hinter mir gelassen zu haben.«

»Verzeih. Ich necke meine Freundinnen gerne mit diesem Wort. Wird nicht wieder vorkommen. Ich kann so etwas gut nachvollziehen. So! Und jetzt fahren wir zum Kastanienfest, wo ich dich auf einen Fischburger einlade, denn bei diesem Stand helfe ich die nächsten drei bis vier Stunden aus.«

Sie startete erneut den Wagen, Radio Arabella ertönte aus dem Lautsprecher, und eine männliche Stimme war zu hören: »Ich wünsche mir den Neue-Deutsche-Welle-Hit

›Ich fahre mit dem Auto‹ von Minisex. Wir sind von Salzburg unterwegs zum Kastanienfest am Attersee, und da würde der Song gut passen.«

Gerne wurde dem Hörer der Wunsch erfüllt, und obwohl Beatrice im Gegensatz zu Ingeborg den Song nicht kannte, grölten beide lautstark und lachend mit, denn der Text und vor allem der Refrain waren nicht wirklich schwierig zu erahnen und zu merken.

Fast wirkte es so, als wäre der Titel für ihre jetzige Situation getextet worden. Lediglich die Zeile »Rechts der Berg und links die Schlucht« hätten umgedreht und auf »links der See« umgeschrieben werden müssen.

Selbst in diesem Moment war trotz des kühlen Wetters kurzzeitig der Himmel über ihnen so blau – himmelblau …

11.
SAMSTAG, SPÄTER NACHMITTAG

Korfu, Griechenland

Werner hatte seit ewigen Zeiten nicht mehr so viel gegessen wie an diesem Tag. Und er war nicht der Einzige, der sich erschöpft und gesättigt über den vollgestopften Bauch strich. Seit ein paar Minuten herrschte eine behagliche Stimmung, ohne den extremen Lärmpegel, der ihm bei diesem Tauffest zu schaffen machte. Ein Blick in die Runde bestätigte ihm, dass die meisten Gäste zufrieden und zumindest für diesen Nachmittag glücklich waren. Die teilweise leer geputzten Teller und Platten wurden von den freundlichen Helfern und der Hausherrin abgeräumt.

»*You feel well*?« Die Wirtin berührte ihn beim Abservieren sachte an der Schulter.

»*Thanks. The food was great. You are an artist. And I'm bursting.*«

Sie lachte dankend und fügte an: »*That's how it should be.*«

Alexandros, der sich ebenfalls reichlich der vielfältigen mediterranen Küche bedient hatte – natürlich unter Verzicht auf Nüsse –, schien wie die beiden anderen Kinder ebenfalls etwas müde geworden zu sein. Durch die zweisprachige Erziehung, die Helena stets wichtig gewesen war, hatte sich bei ihm eine Begabung für Sprachen herausgestellt, die die Lehrerin der letzten Volksschulklasse besonders gelobt hatte. Er war im Englischunterricht mit Abstand der Beste. Deshalb konnte er der kurzen Konversation mit der Wirtin fast zur Gänze folgen.

»Werner, was bedeutet *bursting*?«

Dieser zeigte auf seinen Bauch und blähte ihn auf: »Dass ich gleich platze! Keine Ahnung, wo die vielen Speisen in mir hingekommen sind. Wenn ich hier leben würde, wäre ich womöglich dreimal so dick!«

Neuerlicher Applaus zog die Aufmerksamkeit aller Anwesenden auf eine Frau und zwei Männer, die mit Bouzoukis bewaffnet waren. Die langhalsigen Lauten, ohne die es die typischen griechischen und weltberühmten Klänge, vor allem den Rembetiko, nicht gäbe. Und genau so einen stimmten die drei Musiker an, begleitet von einem Tamburin. Viele klatschten oder sangen das Lied »Ta Matoklada Sou Lampoun« mit, und es entstand unvermutet eine Gruppendynamik, die Werner und einigen anderen verschlossen blieb. Eine gewisse Ernsthaftigkeit lag in der Musik, obwohl Werner sich dem Takt, den er mit einem Fuß wippend nachging, trotzdem nicht entziehen konnte.

Markos, der Junge gegenüber, beugte sich nach vorne und stellte Alexandros eine Frage, von der ihn seine Schwester abhalten wollte. Der junge Deutsch-Grieche schien den Verdacht zu hegen, sich verhört zu haben, und bat um eine Wiederholung des Gesagten, was Kyra mit einer abwertenden Geste und ein paar Worten als nicht wichtig abzutun beabsichtigte. Der Bruder kam der Bitte aber trotzdem nach. Die Miene Alexandros wurde ernst, versteinerte fast.

Die Stimmung, die hier in Sekundenschnelle kippte, weitete sich schlagartig auf die ganze Taufgesellschaft aus. Irgendein Verwandter, den Werner vorher nicht bemerkt hatte, stellte sich vor den Musikern auf, damit ihn alle sahen. Ein zweiter Mann hielt ihm eine längliche Schatulle hin, die er öffnete. Gleichzeitig erhoben sich weibliche Stimmen, die sich eindeutig gegen das Vorhaben des Griechen richteten.

»*Óchi, den epitrépetai na to kánete aftó.*«

Werner verstand nur *ochi*. Das Wort für »nein«. Er wollte Alexandros fragen, um was es da vorne ginge, doch in den nächsten Augenblicken erklärte sich so manches von selbst.

Der Mann entnahm dem Kästchen eine Schusswaffe, eine Pistole, die Werner der Zeit des Zweiten Weltkriegs zuordnen zu können glaubte. Er meinte aus der Ferne zu erkennen, dass es sich hier um eine Luger handeln musste, eventuell auch um einen günstigen Nachbau, der im Netz leicht zu bekommen war.

Helena beteiligte sich an der abwehrenden, hauptsächlich weiblichen Front, die von einigen Männern gönnerhaft und siegessicher belächelt wurde. Der Tumult schwoll an, die Musiker beendeten verwirrt frühzeitig ihr soeben vorgetragenes Musikstück. Werner war klar, dass er sich hier, selbst als österreichischer Polizist, nicht einmischen durfte. Er verstand nur nicht, was der Mann mit der Waffe vorhatte, und plötzlich löste sich mit einem lauten Knall ein Schuss. Er spürte im Bruchteil einer Sekunde einen Luftzug vor seinem Gesicht. Bis er den Kopf nach rechts gedreht hatte, lag der taube Onkel neben ihm bereits am Boden. Durch den Schuss hingestreckt. Erschrockenes Geschrei ertönte und dann plötzliche Stille. Alle blickten Richtung Alexandros und Werner, denn der Onkel war für die anderen nicht mehr zu sehen. Helenas Männer blickten wiederum auf den verletzten alten Menschen, der zu ihren Füßen lag.

Die Tränen, die Alexandros von seiner Wange wischte und die nichts mit dem Schuss zu tun hatten, fanden bei niemandem Beachtung, was ihm nur recht war.

Kyra und Markos starrten wie viele der anderen Gäste mit offenen Mündern geschockt über den Tisch, von wo aus ein leises Jammern zu hören war.

12.
SEKUNDEN VORHER

Korfu, Griechenland

Das 9mm-Kegelstumpfgeschoss verließ mit einer Geschwindigkeit die Mündung der Handfeuerwaffe, die einer Weite von ungefähr 300 Metern in der Sekunde entsprach. Durch die Zündung, die eine minimale Explosion in der Luger bedeutete, war das Projektil dermaßen aufgeheizt, dass es beim Auftreffen auf Schulterhöhe den dünnen Stoff des getragenen weißen Kurzarmhemdes sofort verschmorte. Und somit drang es ungehindert durch die Hautschichten des Mannes, unter denen die subkutanen Gewebestrukturen der Hitze wegen ein Gewebetrauma erlitten. Das wiederum erwirkte, einer Verbrennung gleich, einen sofortigen Spasmus der blutversorgenden Arteriolen, was eine zu vermutende Blutung stoppte beziehungsweise verhinderte.

Zum Glück verfehlte der eindringende Fremdkörper die Arteria circumflexa humeri anterior, die für die Blutversorgung des Humeruskopfes sowie Teile des Schultergelenks zuständig war. Die Verletzung eines solch großkalibrigen Gefäßes hätte zu einer beträchtlichen Blutung geführt, selbst eine reaktive Gefäßverengung, Vasospasmus, hätte nichts daran geändert. Unglaublich, wie viele innere Spasmen ein so kleines Ding erzeugen konnte.

In Folge penetrierte das Geschoss die mit vielen Nerven durchzogene Beinhaut, was die größten spürbaren Schmerzen für den tauben Onkel hervorrief. Die darunter liegende sehr stabile Knochenrinde, die Kortikalis, bremste das Projektil ab und verhinderte ein tieferes Eindringen in die Substantia spongiosa, der lebenswichtigen schwammartigen Substanz im Knochen. Durch die Wucht des nun sein endgültiges Ziel erreichten Kegelstumpfgeschosses wurde der Onkel unvermutet vom Stuhl gefegt. Der Sturz auf den groben Schotter, der hier den Boden des Gastgartens bedeckte, verursachte eine zusätzliche Verletzung der zweiten Schulter und Schädigungen der Epidermis im Gesicht und auf der Stirn.

13.
SAMSTAG, SPÄTER NACHMITTAG

Unterach am Attersee – Kastanienfest

Glücklicherweise lag der Unteracher Ortskern etwas windgeschützter als andere, weiter nördlich gelegene Gemeinden. Die vielen Besucher des Festes tummelten sich zwischen den verschiedenen Ständen der Vereine und Gastwirte, die hier kulinarische Besonderheiten anboten. Wie zum Beispiel Maroni-Fleischtaschen, Kürbiskernrösti mit Maronidip, Fischburger oder Maronibier – wie auch immer das schmeckte. Vera Hubinger trank keinen Alkohol und hatte nicht vor, das hier zu ändern. Sie saß neben Jakob Zufall auf einer der unzähligen aufgestellten Biertischgarnituren, in der einen Hand eine Zitronenlimo und in der anderen einen Fischburger, in den sie gerade herzhaft hineinbiss. Jakob dagegen hielt in der Linken ein normales Bier – er war ebenso nicht gewillt, das Maronibier zu testen –, mit der Rechten hatte er Gerda an der Leine fest im Griff. Er war vorgewarnt und wusste, dass der Hund gerne auf Erkundungstour ging, sofern es ihm möglich gemacht wurde.

Die Bürgermeisterin hatte eben mit einer kurzen Ansprache das inzwischen fast zur Tradition gewordene Kastanienfest eröffnet. Die Trachtenmusikkapelle Unterach spielte einen Marsch, und neben dem regionalen Tourismuschef stand plötzlich ein Mann auf der Bühne, der Vera bekannt vorkam.

Sie schluckte ihren Bissen hinunter, nickte mit dem Kopf zur Bühne, damit ihr Schwager ebenfalls dorthin sah. »Was macht denn der da? Darf der überhaupt hier sein?«

»Wer? Meinst du den Kapellmeister oder den Kerl in der Lederhose mit den Leichenfüßen?« Jakob fand es immer amüsant, wenn Männer meinten, sie müssten sich traditionell kleiden und ihre sonst von Anzugshosen sonnengeschützten Beine der Öffentlichkeit vorführen. Braune oder grüne Lederhosen, meist dicke farbige Trachtenstutzen, die ihn schon beim Hinsehen kratzten, und dazwischen so bleiche freie Haut, dass man wirklich meinen konnte, eine Leiche wäre in Trachtenkleidung gesteckt worden. Fasching war doch das ganze Jahr über und nicht nur ein gleichnamiger Ortsteil von Unterach.

Jakob schmunzelte, denn er wusste genau, wen Vera gemeint hatte, was sie sofort bestätigte: »Der Strassfeld. Der ehemalige Minister. Der müsste doch sitzen, oder?« Immer noch hielt sie mit beiden Händen die letzten Reste des Burgers in der Butterpapierhülle vor sich.

»Nein, meine liebe Schwägerin. Er hat oder hatte zumindest bis vor Kurzem eine Fußfessel und lebte damit seit zwei Jahren in seiner Wohnung hier bei uns am See.« Er zeigte mit ausgestrecktem Zeigefinger zu den Häusern auf dem Hang hinter dem Sparmarkt.

»Liebe Besucher«, übernahm wieder die Bürgermeisterin das Wort, »ich darf unseren ehemaligen Minister und Bürger von Unterach, Dr. Marcus Strassfeld, begrüßen, der uns letzten Winter einen Engel für unsere Weihnachtsbeleuchtung am See gespendet hat.«

Der Applaus war verhalten, trotzdem gab es einige, die meinten, sie müssten wie bei einem Zeltfest lautstark ihre Begeisterung hinausschreien.

»Liebe Unteracher und Unteracherinnen, wie ihr seht,

stehe ich hier als freier Mann. Das lästige Ding am Fuß ist weg, und ich darf heuer endlich dieses großartige Kastanienfest eröffnen und miterleben. Ich liebe den Attersee und seine Menschen. Lasst uns die Traditionen hochhalten, vergesst die verrückten linken Aktionen drüben in Ischl, wir brauchen hier am See keine primitiven Nackerten, die blöd herumspringen. Wir tanzen in unserer schönen Tracht, denn was Wertvolleres gibt es nicht.«

Zustimmungsrufe sowie Protestpfiffe tönten ihm entgegen. Er ließ sich den Wind nicht aus den Segeln nehmen und setzte drauf: »Denn wir hier sind mehr als nur Salzkammergütler. Wir sind Atterseer und Unteracher. Das ist die höchste Steigerungsform, die es fürs Salzkammergut gibt. Liebe Frau Bürgermeister, liebe Bürger und Bürgerinnen, ein Prosit auf Unterach und eine Runde für die Blasmusikkapelle hier. Spielt uns noch einen auf!«

Jetzt gab es lauteren Applaus und Beistimmungsgemurmel, doch ebenso Pfiffe, Buhrufe und eine kritische Stimme, die hinausrief: »Behalte dir dein Schmiergeld und wisch dir den Arsch damit aus! Du korruptes Schwein!«

Niemand reagierte auf diesen vulgären Ausruf, und die Blechbläser stimmten die »Feuerfest-Polka« von Josef Strauss an, bei der ein Musiker mit einem Hammer auf einen eisernen Amboss schlug. Er führte es mit so viel Witz aus, dass die Stimmung, die in Gefahr schien zu kippen, aufgefangen wurde. Vera war im Begriff aufzustehen, um ebenfalls laut Protest zu bekunden. Doch die vom Bierbecherhalten feucht gewordene Hand Jakobs legte sich auf ihren Unterarm. Sie war sichtlich entrüstet und fühlte sich persönlich angegriffen. Er wusste, dass sie aktives Ensemblemitglied der Nacktanzperformance zur Eröffnung der Europahauptstadt Bad Ischl war, auf die der Ex-Minister angespielt hatte und die im ganzen Land die Wogen hochgehen ließ.

»Jakob, lass uns hier verschwinden, ich kann dieses Arschloch nicht mehr sehen. Anscheinend ist im Salzkammergut jeder korrupte und verurteilte Politiker angesehener als kritische Kulturschaffende, denen unsere Gesellschaft in Wahrheit mehr am Herzen liegt als diesen Verbrechern hier.«

Jakob versuchte sie zu beschwichtigen, er kannte sie gut genug, um vorherzusehen, dass sie kurz vor der Explosion stand. »Vera, vergiss ihn …«

»Das ist genau der Grund, warum ich mitgetanzt habe. Diese alten Säcke … so wie der hier … der noch dazu so viel eingesackt hat, dass nach seiner Strafe immer noch genug übrig blieb … genau solche Kerle denken nur an Sexualität, wenn sie einen nackten Körper sehen. Diese Personen stellen eine Gefahr für unsere Gesellschaft dar und nicht ein paar Individualistinnen, die sich für spannende Kulturprojekte mit Haut und Haar zur Verfügung stellen.«

Eine junge Frau, die an ihrem Tisch saß und sich der Musikkapelle zugewandt hatte, drehte sich zu ihnen. »Sie waren bei der coolen Aktion dabei? Ich hab's noch am selben Tag gestreamt. Echt mutig!« Allein ihr Blick zollte Vera großen Respekt.

»Das freut mich wirklich. Siehst du, Jakob? Selbst die Jugend findet einen Sinn darin. Diese falsche Moral führt genau zu dem, was da draußen in der Welt passiert …«

»Vera, wir sind hier auf einem Fest und nicht auf einer politischen Kundgebung.« Jakob blickte sich verlegen um.

»Ach, ist doch wahr. Mit solchen Typen in der Regierung steuern wir auf einen Dritten Weltkrieg zu, auf den sie uns sowieso schon vorzubereiten versuchen. Ist es nicht so, junge Frau? Ihre Zukunft ist in Gefahr, nicht meine.«

Petra war es sichtlich unangenehm, hier am Biertisch in eine anbahnende gesellschaftspolitische Debatte verwickelt zu werden. »Ich weiß nicht … Aber den da vorne mag ich auch nicht.« Sie deutete mit einer Kopfbewegung zur Bühne, auf der nur mehr die Musiker zu sehen waren. »Das ist übrigens mein Freund Clemens. Der am Bühnenrand mit den Hämmern in den Händen.«

So wurde der Fokus verdientermaßen wieder auf die Musiker gerichtet, von denen der hammerschlagende Held am Ende des Musikstückes mit extra Applaus belohnt wurde.

Vera reichte anschließend der jungen Frau am Tisch die Hand: »Ich bin Vera Hubinger – aber nenn mich bitte *Emitit*. Das ist mein Künstlername.«

Die Antwort von Petra, die sich ebenso vorstellen wollte, ging in einem Prusten unter, das Jakob nicht unterdrücken konnte. Veras Künstlernamen war für ihn etwas Neues, das er beim besten Willen nicht ernst nehmen konnte.

14.
ZUR GLEICHEN ZEIT

Unterach am Attersee

»Hero«, der Spiderman-Titelsong von Nickelback, erfüllte in Dauerschleife zum dritten Mal den stickigen Raum. Benno liebte Soundtrack-Songs, deren Videos er sich zur Ablenkung gerne ansah und nicht selten ein paarmal hintereinander abspielte, wenn er an einer bestimmten Sache dran war.

Er hatte schon mehrmals das Netz nach einer Familie Galanis in den Städten Köln und Stuttgart, in denen die Frau gelebt haben sollte, durchsucht. In Stuttgart war er fündig geworden und auf eine Firma gestoßen, die seit über 13 Jahren griechische Lebensmittel und Getränke nach Deutschland importierte und sie für ausgewählte Partner und seit Neuestem auch über einen Webshop anbot. Die Gründer dieser Firma, die inzwischen zu einer GmbH umfirmiert worden war, waren die Brüder Nikos und Selenio Galanis. Ob und wer von ihnen noch immer Geschäftsführer war, konnte er nicht herausfinden. Eine kleine, unbedeutende Firma ohne öffentliche Aufmerksamkeit und Skandale. Was er jedoch in einem Archiv einer regionalen Stuttgarter Zeitung herausgefunden hatte, war, dass einer der beiden Brüder im Jahr 2013 auf tragische Weise eine Tochter verloren hatte. Bei dem Beitrag handelte es sich weniger um einen Bericht über das Mädchen und die Umstände ihres Todes, sondern vielmehr um eine redaktionelle Kondolenz an die Familie.

In Köln, wo Helena Galanis laut Angaben von Werner Adler vor ihrer Umsiedlung nach Österreich gelebt hatte, hatte er bisher gar nichts finden können. Als hätte es sie in dieser Stadt nie gegeben. Entweder hatte sie gelogen oder sie war unter einem anderen beziehungsweise gefälschten Namen eingetragen.

Er kopierte die Daten in einen Ordner, um sie in den nächsten Tagen mit den Ergänzungen, die sich noch ergeben würden, per WeTransfer an den Auftraggeber Adler zu übermitteln. Statt sich zu erheben, setzte Benno seine blutunterlaufenen elefantenähnlichen Füße ein, um sich zu seiner Kaffeemaschine zu rollen. Diese war auf einem Kästchen neben einem schmalen Eckwaschbecken aufgestellt. Hier konnte er sie betätigen, ohne sich strecken oder aufrichten zu müssen. Ein Müllkorb für die Kapseln stand ebenso hier parat. Alles in diesem Raum hier war möglichst so platziert, dass er viele Tätigkeiten in seinem überbreiten Bürostuhl sitzend ausführen konnte, welcher ihm genau genommen als Rollstuhl diente. Die Badezimmertür hatte er bereits im Jahr zuvor gegen eine Falttür austauschen lassen, was auch nicht nötig gewesen wäre, da sie ohnehin immer offen blieb. Um nicht aufrecht zur Toilette gehen zu müssen, was für ihn eine enorme Anstrengung bedeutete, konnte er auf diese Weise zu ihr hinrollen. Ein hier platzierter Dreifußstock erleichterte ihm das Aufrichten und den Sitzplatzwechsel auf den WC-Thron. Einem 14 Zentimeter hohen und gepolsterten Kloschüsselaufsatz, der für ihn eine kräftesparende Gelenkschonung und Erleichterung beim Toilettengang bedeutete.

Ein Piepton machte ihn auf die gefüllte Kaffeetasse aufmerksam. Er verharrte in der Handbewegung hin zum Zuckerstreuer. Wäre wieder mal einen Versuch wert, den Kaffee ohne Süßungsmittel zu konsumieren.

Mit dem warmen, ungesüßten Getränk schob er sich zurück zu seinen Computern und Bildschirmen, auf denen er im Netz nach kalorienarmen Fressalien suchte. Zumindest das hatte Ingeborgs Zureden vorerst bewirkt.

15.
ZUR GLEICHEN ZEIT

Unterach am Attersee – Kastanienfest

An den vielen Stegen des Ortes, beim Landungsplatz und neben dem Strandbad, lagen im Gegensatz zum vergleichbaren Zeitraum in den vorigen Jahren beträchtlich mehr Boote im Wasser. Da der Herbst heuer bisher so warm gewesen war, hatte sich die Sommersaison wetterbedingt von selbst verlängert. Was einige Bewohner am Attersee nicht wahrhaben wollten, da sie froh waren, dass die Wiener und andere Zweitwohnbesitzer endlich wieder abgezogen waren. Zwei Monate der urbanen Besatzungszeit sollten genug sein. Andere hingegen freuten sich und praktizierten das ganze Jahr über eine Willkommenskultur, egal von wo und weshalb jemand kam.

Zu ihnen gehörte Ingeborg Haslinger, die selbst im Herbst und Winter für einzelne Gäste die Zimmer ihrer Frühstückspension aufheizte, vermietete und nicht jammerte, wenn sie etwas zu tun hatte. Durch ihre Hilfsbereitschaft und Mitgliedschaft in verschiedenen Vereinen genoss sie großen Bekanntheitsgrad. Ingeborg hatte ihren Wagen in der Nähe des Strandbades bei einer ehemaligen Arbeitskollegin abgestellt. Die öffentlichen Parkplätze waren jetzt schon alle belegt, was einen großen Zulauf des Festes attestierte, und bis zum Abend würden es unzählige Besucher mehr werden. Eine bekannte Country-Band war seit Wochen als Highlight der Veranstaltung beworben worden.

»So, auf den wenigen Schritten zum Hauptplatz kann ich dir ein bisschen was über Klein-Venedig erzählen, wie Unterach früher wegen seiner vielen Boote und den Pfählen bei der Uferverbauung liebevoll genannt wurde.«

Sie erklärte Beatrice, dass es beim Auer ihrer Meinung nach das beste Eis im Ort gab, und weiter vorne im Landcafé seien die selbst gemachten Mehlspeisen eine Sünde wert. Dass das Strandbad und vor allem der dahinterliegende Naturbadeplatz zu den schönsten und ruhigsten Badeplätzen am See zählten, sei leider auch kein Geheimtipp mehr. Sie kamen hinter dem Gemeindeamt hervor, in dem eine der beiden Polizeistation am See eingerichtet war.

»Und hier siehst du eines der ältesten Häuser des Ortes. Das Lederermayrhaus. Für die Erhaltung und Restaurierung gibt es einen Verein, bei dem ich Mitglied bin und für den ich heute vorne beim Fischburger-Wagen mithelfe.«

Beatrice betrachtete die für solche Häuser typischen kleinen Fenster mit den zum Teil noch vorhandenen Fensterläden. »Das Gebäude strahlt Geborgenheit und Wohlbefinden aus, finde ich.« Sie stolperte über eine Unregelmäßigkeit am Boden und konnte sich rechtzeitig an einem rötlichen Steinblock fangen.

Ingeborg griff ihr unter die Achsel, um ihr zu helfen, sich aufzurichten. »Vorsicht, mein Sch…, sorry, Beatrice«, unterbrach sie sich selbst, um mit dem Ton einer Touristenführerin fortzufahren: »Jede Gemeinde hat irgendwo ihr Schildbürgerstück. Ich würde meinen, der Brunnen hier ist das von Unterach. Schöne schwere und vor allem teure Steine und Platten, die Technik und Elektronik liegen darunter, und das Ganze ist immer wieder etwas undicht. Reparatur und Wartung werden dadurch so teuer, dass das Geld dafür im letzten Jahr gespart wurde und deshalb kein Wasser heraussprudelte. Mit den Geschichten über die ursprünglich geplante Gestaltung des gesamten Gemeindeplatzes und das dadurch verprasste Geld verschone ich dich.«

Schmunzelnd marschierten sie weiter, an einem Kinderfahrzeugmuseum vorbei, das an diesem Tag geöffnet hatte und von Vätern mit ihren Kindern bevölkert war. Die bayerische Vertreterin für Putzmittel verkündete, dieses etwas später besuchen zu wollen.

Immer wieder wurde vor allem Ingeborg auf dem Weg von den verschiedensten Leuten gegrüßt oder erntete ein Winken.

»Du bist sehr bekannt und angesehen hier. Liege ich da richtig?«, erkundigte sich Beatrice.

Ingeborg nickte und zückte einen Fünfeuroschein, den sie für ihren Gast auf den Biertisch legte, an dem freiwillige Spenden für das Kastanienfest entgegengenommen wurden. »Du bist eingeladen. Ich muss mich sputen, dass ich zu meinen Leuten komme. Sieh dich ruhig in Ruhe weiter hier um – da vorne bei der Trafik steht der Fischburger-Wagen, da findest du mich. Und wenn du magst, geh mal zur Kirche rauf, da hast du vom Friedhof aus einen herrlichen Blick auf den See.«

Etwas später, nach einem ausgiebigen Rundgang und der Bestätigung, dass sich für die Toten von Unterach neben der Kirche ein wunderbares Panorama auftat, kaufte Beatrice ein Maronibier. Sie reihte sich in die Warteschlange von Festgästen ein, die einen der viel gelobten Fischburger erwerben wollten. Ingeborg hatte sie bereits entdeckt und ihr freundschaftlich zugezwinkert. Die beiden Frauen hatten sich vom ersten Moment an sehr sympathisch gefunden.

Schade, dass sie einen Mann hat, dachte die Landesnachbarin.

Nachdem ein Musikstück beendet war, bei dem für ihre Ohren viel zu laut auf Eisen geschlagen wurde, was jedoch zur Belustigung des Publikums diente, sprach jemand auf der Bühne kurz ein paar Worte und wünschte allen ein wunderbares Fest.

Plötzlich liefen einige Festbesucher durch den frei gehaltenen Bereich der riesigen hier aufgestellten Bühne, des Toilettenwagens und der örtlichen Trafik und rempelten dabei Leute an. Unter ihnen Beatrice, der dadurch ihr Maronibier aus der Hand fiel, ohne vorher auch nur einen Schluck probiert zu haben.

»Da brennt's!«, rief einer.

»Ein Boot brennt!«, ein anderer.

»Feuerwehr!«

»Am Klimtsteg brennt's!«

Und schon war die Alarmsirene zu hören. War es vorher der See, aus dessen Richtung die Menschen gelaufen kamen, so bewegten sich nun viele zurück zum Landungsplatz hin.

Beatrice, die die Spritzspuren des Bieres auf den Röhren ihrer roten Jeans noch nicht bemerkt hatte, konnte sich der Neugierde ebenso wenig entziehen, die in einer gruppendynamischen Schaulustigkeit gipfelte. Als gäbe es ein inszeniertes Feuerwerk, standen bald Frauen, Kinder und Männer beobachtend an der Uferpromenade. Die vorderen Plätze am Gitter und im hölzernen Pavillon waren die begehrtesten. Hunderte Telefonkameras wurden auf die Feuersbrunst gerichtet. Die Trachtenmusikkapelle beendete das Konzert zwei Nummern früher als geplant.

Kaum hatte Petra das Wort »Feuer« vernommen, beendete sie das Gespräch mit der seltsamen älteren Frau, die einer Nackttanzgruppe angehörte. Sie lief links um die Bühne, wo mehr Platz war, und bemerkte den Rauch am Klimtsteg, der so genannt wurde, da am Rasen davor eine Bronzebüste des weltberühmten Jugendstilmalers aufgestellt war. Wie eine Slalomathletin bewegte sie sich an den Schaulustigen und der alten Hütte am Ufer vorbei und betrat kurz darauf den Steg. Gleichzeitig mit ihr befand sich Gustav, ein junger Kamerad von der Ortsfeuerwehr, auf dem Weg zum brennenden Wasserfahrzeug. So wie sie in Zivil.

»Schnell, wir versuchen, das Tau zu lösen. Sie müssen das Boot von hier wegziehen. Hinaus auf den See. Hoffentlich können wir damit verhindern, dass das Feuer auf die anderen Boote oder auf das Holz des Steges übergeht!«

Passanten riefen ihnen zu, dass sie umkehren sollten, dass es zu gefährlich sei. Von Weitem waren bereits sich nähernde Signalhörner zu hören.

Dicker schwarzer Rauch qualmte hinter der »Old Lady« auf, einem alten kleinen Kajütenschiff, das als Einziges seiner Art sogar den Winter hier am Steg verbrachte. Der angrenzende Liegeplatz war zum Glück leer, doch daneben sahen sie ein Holzmotorboot, ebenfalls mit einer Minikajüte, nur neuer und um vieles teurer. Heiße Luft strömte ihnen entgegen, die der sanfte Wind Richtung Ufer schickte. Das war nicht gut. Rasch gingen beide auf Höhe des in Flammen stehenden Bootes auf die Knie, um die Taue zu lösen.

In diesem Moment tauchte auf den schmalen Brettern, die an Land führten, ein Polizist auf, in Begleitung des Ex-Ministers, der kurz zuvor noch auf der Bühne gestanden hatte. »Kommt sofort zurück«, forderte er Petra und Gustav auf. »Das ist viel zu gefährlich. Die Feuerwehr ist schon unterwegs.«

»Wir *sind* die Feuerwehr!«, schrien die beiden im Chor zurück.

Der Politiker wollte zu ihnen vordringen, was Jürgen, der Polizist, verhinderte.

»Das ist mein Boot, das da brennt. Lassen Sie mich los«, lamentierte Dr. Strassfeld.

»Sie können nichts mehr tun, das ist Sache der Einsatzkräfte.«

Gustav drehte sich noch einmal zu den Männern um und schrie: »Ist eine Person an Bord? Kann es sein, dass sich jemand in der Kajüte befindet?«

Petra hatte bereits das Seil gelöst und ins Wasser gleiten lassen.

Der Ex-Minister schüttelte den Kopf. »Nein, ich habe heute früh alles überprüft und die Geräte an das Stromnetz angeschlossen.«

Als hätte er ihnen absichtlich das Stichwort zugerufen, wurden sie auf das Ladekabel für die Stromversorgung aufmerksam.

»Die Verbindung hätten wir zuerst kappen sollen«, meinte Petra fachfraulich reflektierend.

Gustav, sich der Stromsäule zuwendend, lächelte und meinte: »Merkst du den riesigen Unterschied, wie wir die Hitze spüren? In ziviler Kleidung wie jetzt und sonst mit unserer Schutzmontur?«

Sie nickte nur und vermied, ihn darüber aufzuklären, dass sie erst einen Einsatz als Erfahrungswert für sich verbuchen konnte.

Der junge Mann versuchte, das Boot vom Steg wegzuschieben, was kaum einen Nutzen hatte, da es zusätzlich hinten an den im Wasser stehenden Pflöcken angeleint war. Dieses Tau würden die Frauen und Männer auf dem Feuerwehrboot kappen, das bereits von der Slipanlage neben dem Polizeibootshaus aus unterwegs war.

Von der Kirchengasse herunter trafen drei Feuerwehrfahrzeuge und ein Rettungswagen fast zeitgleich ein. Die Sirenen verstummten und senkten dadurch den Stresspegel der

Schaulustigen, die auf der Promenade keinen halben Meter um sich frei gelassen hatten.

Petra erhob sich als Erste. Hitze und Rauch hatten nicht nur ihren äußeren Erscheinungsbildern zugesetzt, sie und Gustav husteten auch beide.

Am Steuer des sich nähernden A-Bootes der Feuerwehr erkannte sie ihre Freundin Sarah, die sie um ihren Erwachsenenstatus beneidete. Nur noch wenige Monate, dann durfte auch sie endlich, mit 18 Jahren, zur Motorbootführerscheinprüfung antreten. In der Praxis konnte und wusste sie bereits vieles. Ihr gestecktes Berufsziel war das sogenannte Schiffspatent, Kapitänin auf einem großen Schiff zu werden.

Sie schritt voran Richtung Ufer, wo bereits ihre Kollegen und Kolleginnen, auch die von der Buchenorter Feuerwehr, Schläuche auf dem Rasen des Parks auslegten. Sie schickte sich an, ihnen zu helfen, doch ihr Kommandant Luki rief ihr zu: »Verschwinde von da. Du bist in Zivil und nicht befugt, so mitzuarbeiten!«

Sein Blick verriet ihr, dass Widerrede zwecklos war. Und er war ja auch im Recht.

Sie bemerkte, dass Gustav nicht ans Ufer gekommen war, und drehte sich nach ihm um. Aus ihr unerklärlichen Gründen stand er immer noch auf Höhe des brennenden Bootes und wurde plötzlich wie durch Zauberhand von den Brettern ins Wasser gefegt. Den Knall und die Auswirkung der Druckwelle einer Explosion vernahm sie erst den Bruchteil einer Sekunde später.

16.
SAMSTAG, FRÜHER ABEND

Korfu, Griechenland

22 Grad Celsius. Die Wassertemperatur des Meeres hier an der Ostküste Korfus entsprach der des Attersees im Sommer und war damit für Alexandros und Werner eine willkommene Abkühlung, die sie nach den Erlebnissen auf dem Fest nötig hatten.

Es hatte eine gefühlte Ewigkeit gedauert, bis der verletzte taube Onkel medizinisch versorgt und abtransportiert worden war. Natürlich war Werner, der direkt neben ihm gesessen hatte, der Ersthelfer gewesen. Er hatte ihn auf seine Knie gebettet und ihm mit von Alexandros gereichten Servietten die blutende und vom Sturz verschmutzte Stirn gereinigt.

Erst nach einigen Augenblicken, das Dröhnen des Schusses noch in den Ohren, war er auf die Verwundung am Oberarm aufmerksam geworden. Verwundert, dass die Schulter weniger blutete als die Platzwunde am Kopf, hatte er dem Gehörlosen ruhig zugeredet und vor allem mit gütiger Mine zu vermitteln versucht, dass alles in Ordnung und Hilfe unterwegs sei.

Doch in Wirklichkeit war nichts in Ordnung. Wie hatten die Gastgeber so etwas nur zulassen können! Nicht auszudenken, wenn es Tote gegeben hätte. Die Kinder und er hatten in seiner unmittelbaren Nähe gesessen. Es hätte genauso sie treffen können. Wahnsinn!

Helenas Sohn hatte sich als vernünftiger Helfer erwiesen,

trotz des Schocks, der Erwachsene sowie Kinder ereilt hatte. Der Knall und die Auswirkungen des Schusses waren nicht so einfach wegzustecken. Alexandros hatte dem alten Mann sogar ein paarmal kurz die Wange und den Arm gestreichelt, was Werner so sehr berührt hatte, dass er nur mühsam seine Tränen hatte unterdrücken können. Helena, die sofort zu ihnen gekommen war, um sich zu vergewissern, dass es keine weiteren Verletzten gab, hatte das hellenistische Notfallkommando übernommen. Und im Nachhinein musste Werner respektvoll anerkennen, dass sie das sehr gut gemacht hatte. Die meisten Gäste waren wie aufgeschreckte Hühner umhergeflattert. Wenige, darunter die Kinder und der Besitzer der Waffe, hatten versteinert am Tisch Platz genommen und auf Anweisungen beziehungsweise auf die Ankunft der Polizei gewartet, die tatsächlich vor dem Rettungswagen eingetroffen war.

Die Wirtin hatte die verzweifelte Taufmutter mit ihrem schreienden Kind in ihre Wohnung im ersten Stock oberhalb der Wirtschaft verfrachtet.

Nachdem Werner von dem Angeschossenen befreit und kurz von einem griechischen Polizisten vernommen worden war, hatte er verlangt, mit Alexandros in die nahe gelegene, private Unterkunft gebracht zu werden, in der sie nächtigten.

Helena hatte ihm noch zu erklären versucht, dass in Griechenland bei Taufen manchmal zur Freude mit scharfer Munition in die Luft geschossen werde. Sie und ihre Cousine hätten das immer schon abgelehnt, aber leider habe sich ein Verwandter nicht an das Verbot gehalten. Doch zum Glück sei ja nicht mehr passiert.

Nicht mehr passiert!

Werner hatte nicht beabsichtigt, vor den anderen am Tatort einen Streit vom Zaun zu brechen, viel wichtiger war ihm gewesen, mit Alexandros das Fest möglichst schnell zu verlassen. Die Gesichter von Kyra und Markos, die immer noch schockiert auf ihren Plätzen saßen, sprachen Bände.

Das kühle Meerwasser hatte den beiden gutgetan, und sie legten sich auf der Terrasse oberhalb des Meeres und der vorbeiziehenden Straße auf eine mit Paletten zusammengebaute Liege, die mit Decken und Polstern ausgestattet war.

Werner nahm aus einer Umhängetasche sein I-Pad heraus. »Alex, willst du ›Mandalorian‹ weiterschauen? Ich habe uns für alle Fälle zwei Folgen aufs Tablet geladen.«

Der Angesprochene nickte und rutschte an seine Seite. Um es beim Filmschauen bequemer zu haben, hob Werner den Arm und legte ihn um den Jungen, ließ ihn sich an seiner Seite anlehnen.

Es dauerte einige Sekunden, bis der Bildschirm leuchtete und einsatzbereit war. Währenddessen stellte Alex eine Frage, mit der Werner nie und nimmer gerechnet hätte: »Weißt du, wer mein Vater ist?«

Werner musste schlucken und die Frage erst mal verdauen. »Nein, Alex. Leider nicht. Glaub mir, ich würde es dir sagen, aber deine Mutter macht mir gegenüber ebenfalls ein Geheimnis daraus. Ich weiß nur, dass er kein Grieche ist.«

Das Tablet sank auf seine Knie, es war von einer Sekunde auf die andere unwichtig geworden.

»Mhm. Er ist ein Deutscher. Meine Großeltern, die Eltern von *Mamá*, kenne ich auch nicht.«

Fast nüchtern klang diese Feststellung und für Alex' Alter zu erwachsen. Ein paar Sekunden herrschte Stille. Werner spürte, wie die Glut in dem Jungen glomm und jedes kommende Wort wie ein zartes züngelndes Flämmchen aufstieg.

»Markos … er hat mich gefragt … ob mein Vater … ob er … wirklich ein Mörder ist.« Jetzt setzte er sich auf und blickte verzweifelt in Werners Angesicht. »Warum fragt er das? Wenn doch angeblich niemand weiß, wer er ist?« Er schniefte leise, wischte sich etwas von der Wange und legte sich wieder wie vorher hin, eine Hand auf Werners Bauch abgelegt.

»Und was hast du geantwortet?«, fragte Adler, bemüht, die väterlich wirkende Umarmung beizubehalten.

»Nichts. Weil ... dann ist der ... der Schuss losgegangen.«

Einige Sekunden blickten sie stumm auf das Meer, über dem sich die Sonne langsam vom Tag zurückzog.

»Alex, du weißt sicherlich, wie Gerüchte entstehen. Um jedes Geheimnis gibt es unzählige dumme Theorien. Die meisten Menschen können nicht mit Geheimnissen umgehen, darum erfinden sie dann blöde Geschichten. Und das, was Markos angedeutet hat, ist eine davon. Du darfst das nicht ernst nehmen. Ich verspreche dir, dass wir zu Hause mit deiner Mutter darüber reden werden. Okay?« Er strich sanft über das dicke schwarze Haar des Jungen, der stumm nickte.

Ein hupendes Fahrzeug mit laut feiernden Insassen fuhr auf der Straße vorbei, die das abschüssige Grundstück vom Zugang zum Meer trennte. Gefolgt von einem Polizeiwagen mit Blaulicht.

Ein vibrierender Atemzug kündigte einen Anflug von versuchtem Humor an. »Siehst du, Alex. Hier ist fast alles wie bei uns zu Hause. In dem Polizeiwagen könnte ich sitzen und irgendwelchen betrunkenen Idioten nachjagen. Und der Mann mit der Waffe auf dem Fest war echt ein Vollidiot.«

Alex fand es nicht so lustig, er hatte noch eine Menge glühender Kohlen in sich. »Wenn der Schuss ... dich getroffen hätte ... oder mich ... hätten wir daran sterben können?«

»Ja, Alex, jede Waffe kann einen Menschen töten. Aber es ist nicht passiert, und der taube Onkel wird auch wieder gesund.«

»Ich will … das alles nicht … ich möchte …« Alex war nicht mehr fähig, weiterzusprechen. Ein Weinkrampf schüttelte ihn, und Werner drückte ihn tröstend an sich.

So lagen sie eine Weile da und benötigten im Moment keine Worte. Irgendwann löste sich der Junge und ging zur Toilette. Werner blieb auf der Palette liegen, um Alex die Möglichkeit zu geben, sich nach seiner Rückkehr wieder an ihn zu kuscheln. Es war inzwischen kühler geworden, und er zog die Decke unter sich hervor, auf der sie zuvor gelegen hatten. Da erschien der Junge wieder, der mittlerweile in eine dünne Sommerjacke geschlüpft war, und blieb vor ihm stehen. Seine Augen wirkten noch verweint, und mit einer Geste, die seine Hilflosigkeit und Verzweiflung ausdrückte, fragte er ihn mit stockender Stimme: »Werner? Kannst … kannst du bitte … ab jetzt … so etwas wie … wie mein Vater sein?« Wieder ein weinerliches Schnappen nach Luft, voller Angst, abgelehnt und enttäuscht zu werden.

Werner rutschte auf die Kante der Liege, schnappte sich Alex mit beiden Händen, zog ihn an sich und drückte ihn an seine Brust, was der Junge widerstandslos zuließ.

»Alex, ich übernehme diese verantwortungsvolle Rolle gerne. Zumindest verspreche ich dir, es zu versuchen.«

Auch ihm liefen nun Tränen über die Wangen. Tränen der Rührung und der Freude. Er schob den Jungen wieder auf Augenhöhe und küsste ihn auf die Stirn.

»Ich muss dich aber warnen, Väter müssen manchmal richtig streng sein! Hältst du das aus?«

Mit einem erleichterten Lächeln, gleichzeitig weinend und schniefend erklärte Alex stotternd: »Ich denke … das … das schaffe ich!«

Damit nahm er wieder an Werners Seite Platz und kuschelte sich an ihn. Er griff nach dem behaarten rechten Arm des Erwachsenen und legte ihn über seinen Oberkörper, als wollte er sich damit zudecken. »Danke, Werner«, murmelte er.

Nach wenigen Minuten der Ruhe und dem Abklingen der dem Weinen geschuldeten hektischen Atmung schlief er erschöpft ein, und der neu ernannte Vater labte sich an dem Vertrauen, der Liebe und der Dankbarkeit, die ihm der Junge entgegengebracht hatte. Er horchte gedankenverloren dem Rauschen des Meeres, den zirpenden Insekten und den vereinzelt weit entfernt rufenden Vögeln zu. Was er sich jetzt gerne herbeigezaubert hätte, waren die Gummibärchen, die er in wehmütigen Momenten nach seinem ganz eigenen Ritual zerbiss und weglutschte. Doch diese lagen versteckt auf seinem Polizeiboot am Attersee im Salzkammergut.

17.
SAMSTAG, FRÜHER ABEND

Unterach am Attersee

Jakob Zufall stand mit seiner Schwägerin beim Landungssteg, gemeinsam mit vielen anderen, die darauf warteten, dass sie von der Attersee-Schifffahrt wieder abgeholt wurden. Was sich durch den Einsatz der Feuerwehr und der Rettung verzögerte.

Sie hatten zwar nicht gesehen, wie jemand durch die Explosion ins Wasser gestürzt war, sehr wohl aber die Bergung des Verunglückten und die gleichzeitige Bekämpfung des Feuers, das zusätzlich auf ein weiteres hier angelegtes Segelboot übergegangen war.

Das zuerst in Brand geratene Wasserfahrzeug wurde soeben vom Einsatzboot der Feuerwehr auf den See hinausgezogen und mit dem für diesen Zweck vorhandenen Strahlrohr gelöscht. Das zweite Feuer auf dem noch angeleinten Segelboot, das durch die vorherrschende Hitze und die fliegenden brennenden Holzteile entstanden war, wurde relativ schnell von den Feuerwehrleuten gelöscht. Mit zwei über die Stegbretter gelegten Schläuchen wurde vom Land aus alles mit Wasser bespritzt, was in Brand geraten war oder sich in Gefahr befand, noch Feuer zu fangen.

Als schwieriger stellte sich die Bergung des Verletzten heraus. Die Wasserrettung war nicht ausgefahren, da bisher keine Notwendigkeit bestand. Zwei der Einsatzkräfte, einer von der Feuerwehr und ein Sanitäter, waren sofort ins Wasser gesprungen, um zu dem dort treibenden Körper zu gelangen.

Vera erkannte das weinende Mädchen am Ufer, das zuvor bei ihnen am Tisch gesessen hatte. Es war daran gehindert worden, sich ebenfalls in den See zu stürzen, und wurde nun von einer Sanitäterin betreut, die gemeinsam mit ihr die Rettungsmaßnahmen verfolgte.

Den Steg als Bergungsplattform zu verwenden, war für die Rettungsleute keine Option. Dies erkannte sogar die Nackttänzerin, denn es wäre durch das Feuer und die ausgelegten Schläuche zu gefährlich für alle Beteiligen. Einer hatte den Verletzten auf den Rücken gedreht und war mit ihm, den Kopf über das Wasser haltend, vorsichtig ins Seichtere geschwommen. Die Einsatzkräfte an Land schoben die Schaulustigen zur Seite, die zuhauf mit ihren Smartphones spektakuläre Bilder und Videos einzufangen versuchten. Eine freie Stelle zwischen dem direkt am Steg gelegenen Bootshäuschen und der mit einer gemauerten sowie vergitterten Balustrade versehenen, beinahe schon historisch wirkenden Uferverbauung war offensichtlich die beste Möglichkeit, den Verletzten an Land zu bringen. Die fahrbare Trage der Rettung stand dort bereits in Bereitschaft.

Das Wasserfahrzeug der Feuerwehr bewegte sich mit dem schwer beschädigten Motorboot im Schlepptau an den Zuschauern vorbei. Jakob musste auflachen, als er den Namen des Metallschiffes las. Gertraud. Durch den Schriftzug an der Reling wurde er daran erinnert, dass er eigentlich eine Hundeleine in Händen halten sollte. Was er aber nicht tat.

»Scheiße, Vera. Gerda ist weg.«

Beide versuchten, sich um die eigene Achse drehend und auf Kniehöhe um sich blickend, das Tier zu entdecken, was bei der dicht stehenden Menschenmenge ein Ding der Unmöglichkeit war.

»Hast du die Leine an der Bierbank befestigt? Vielleicht hängt er noch dort.«

»Keine Ahnung! Bleib du hier, ich sehe nach. Unser Schiff ist schon da draußen – nicht, dass es ohne uns wegfährt.« Er nickte in Richtung des Passagierschiffes, welches in einiger Entfernung vom Ufer auf dem Wasser trieb und auf Landeerlaubnis seitens der Einsatzleitung wartete.

Signalhörner weiterer Rettungsfahrzeuge waren zu vernehmen und lenkten Veras Aufmerksamkeit wieder auf das Geschehen am Einsatzort. Der inzwischen aus dem Wasser geborgene Mann lag auf der Trage, auf die in diesem Moment der soeben eingetroffene Gemeindearzt zulief.

Einige der Zuseher klatschten Beifall, der aber nicht von der Masse aufgenommen wurde. Töne einer zu stimmenden Gitarre und ein pfeifendes Mikrofon erinnerten die Menschen an den Grund ihres Besuches hier in Unterach. Langsam löste sich die Menschentraube am Ufer auf, und der nahezu leer gefegte Platz vor der Bühne befüllte sich wieder.

Eine männliche Stimme, die durch die wuchtigen Lautsprecherboxen zu vernehmen war, bat um Aufmerksamkeit.

»Hundebesitzer aufgepasst. Ein Golden Retriever hat an der Bushaltestelle bei der Gemeinde ohne Begleitung den Bus bestiegen und hindert ihn so an der Weiterfahrt. Die Besitzer sind aufgerufen, ihr Tier so rasch wie möglich aus dem Fahrzeug abzuholen.«

Nur zwei Personen unter den Hunderten hier im Zentrum von Unterach wussten, welcher Hund im Bus des Oberösterreichischen Verkehrsverbundes Platz genommen hatte und auf die Abfahrt wartete.

18.
SAMSTAG, SPÄTER ABEND

Korfu, Griechenland

Werner wachte schweißgebadet in der Dunkelheit auf. Einzig die Lampen aus dem Wohnraum spendeten etwas Licht. Vorsichtig glitt er unter der wärmenden Decke hervor, unter der sich neben ihm Alexandros schlafend zusammengerollt hatte.

Es war dunkel geworden. Sie waren die einzigen Gäste in einem der drei Minihäuser mit Küche, Bad und Schlafzimmer an der Ostküste Korfus, die Bekannten von Verwandten gehörten. Sie standen nur wenige Kilometer nördlich von Korfu Stadt entfernt. Der kleine Strand, von hier aus auf der anderen Seite der Straße gelegen, bot einen schmalen Sandstreifen und einen sehr seichten Einstieg ins Wasser.

Werner vergewisserte sich, dass der Junge fest schlief, schnappte sich ein Badetuch und ging zum Meer hinunter. Er zog sich nackt aus und tauchte ins Wasser, das nun kühler wirkte als zur Tageszeit, dafür aber erfrischend und vitalisierend war. Hin und wieder vernahm er Fahrzeuggeräusche, während er im Wasser beinahe wie ein Kind fröhlich herumplantschte. Dabei blieb er bewusst im nahen Uferbereich, entfernte sich nur so weit, dass er auf dem sandigen, teils schlammigen Untergrund stehen konnte. Das dunkle Meer wirkte einige Meter weiter draußen unheimlich und gefährlich. Er genoss diese Seelenruhe, setzte sich zum Trocknen an den Strand auf das mitgebrachte Badetuch, sodass die sanften Wellen mit seinen Füßen spielten.

Er spürte, dass sich jemand von hinten näherte, und brauchte sich nicht umzudrehen, um zu wissen, wer es war.

»*Kaiméni agapiméni mou.*« Helena kniete sich neben ihn, strich ihm über das nasse Haar und wurde erst jetzt gewahr, dass er nackt war.

»Das hier ist aber nicht der FKK-Strand von Korfu.« Sie beugte sich vor und küsste ihn. Sie roch nach Alkohol – vermutlich Retsina vermischt mit Ouzo –, Kumquat und Nikotin.

»Wie geht es dem Onkel?«

»Alles gut. Er wird's überleben. Der Arzt diagnostizierte einen Steckschuss in der Schulter.« Sie entledigte sich ebenfalls ihrer Kleidung und ließ sich neben ihm nieder.

»Die Kinder erzählten, dass er früher schwer verletzt wurde, anscheinend nur mehr einen Hoden habe. Ist da was dran?«, fragte Werner.

»Ja«, antwortete Helena etwas ungeduldig. »Er überlebte nur knapp einen Bombenanschlag in den 70er-Jahren auf Zypern. Gerüchte besagen, dass er neben seinem Gehör auch untenrum alles oder Teile davon verloren hat. Nachgesehen hat noch keiner.«

Sie beugte sich über seinen Unterleib und griff zwischen seine Beine.

»Was ich so fühle, ist bei dir zum Glück noch alles da.«

»Der Junge«, wandte Werner ein, doch Helena legte ihm einen Finger auf die Lippen, meinte knapp, dass er schlafe, und nahm auf seinem Schoß Platz. Ein vager Versuch, an ihr Schamgefühl zu appellieren, scheiterte. Die Kunst ihrer Hände und ihre berauschende Art ließen ihn schnell kapitulieren. Sie drückte seinen Oberkörper nach hinten, und im Rhythmus des sachten Wellenganges bewegte sie sich auf ihm, führte beide gemeinsam fast zur Ekstase. Er bäumte sich mehrmals auf, sie schob ihn wieder zurück. Er verspürte den Drang, seine Lust hinausschreien, doch es blieb bei leisem Stöhnen und Brummen. Zu Hause, durch die oftmalige Anwesenheit von Helenas Sohn im Nebenzimmer, waren sie im stillen Koitieren geübt. Im Bemühen, möglichst lautlos zu sein, drängte sich ihm in Gedanken unbeabsichtigt der gehörlose Onkel auf. Ein Sekunden-Kicherer ermächtigte sich seiner. Ob der alte Mann beim Sex wohl ebenso leise war, sofern ihm dies überhaupt noch möglich war? Solche Gedankenexkursionen, die ihn unfreiwillig in den unterschiedlichsten Situationen ereilten, waren für sexuelle Betätigungen alles andere als förderlich. Die Erektion klang etwas ab, und sein *peos* entschlüpfte der lustspendenden Umhüllung.

Irritiert und etwas verärgert frage Helena: »Was findest du so lustig? Gefällt es dir nicht?«

Er erklärte es ihr, und bevor sie sich der Wiederaufrichtung widmen konnte, entwand er sich ihr. Es war ihm trotz allem etwas peinlich hier am Strand, und er forderte sie auf, ihm ins Meer zu folgen. Im Nassen stehend, das Wasser knapp über dem Bauchnabel, empfing er sie mit einer Umarmung. Ihr sexueller Drang war noch nicht gestillt, sie küsste ihn, drückte ihre Brust an seine und biss ihn ins Ohrläppchen.

»Aua! Du bist verrückt! Und betrunken!«

Sie löste sich für einen Augenblick, griff nach seinem durch den Auftrieb dem eigenen Gewicht enthobenen Gemächt. Klammerte sich mit geöffneten Oberschenkeln an ihn, doch allein, es blieb bei dem Versuch.

»Werner? *Mamá*?«

Sie erblickten trotz der Dunkelheit die Umrisse Alexandros, der am Ufer stand. Beide lachten, etwas peinlich berührt, nicht der Nacktheit wegen, nur des lustvollen Tönens, das ihn vielleicht geweckt hatte. »Darf ich auch ins Wasser?«

»Sicher, komm rein.«

»Ich habe aber keine Badehose dabei. Soll ich sie holen?«

Obwohl er im Bilde war, dass das Nacktbaden auf Korfu offiziell verboten war, antwortete Werner übertrieben männlich: »Brauchst du eine? Ich habe auch keine an. Da wir allein sind, sehe ich kein Problem darin. Außerdem ist es dunkel genug, von der Straße aus kann uns niemand sehen.«

Alexandros zog sich aus und stieg in Wasser. »Huhh, das ist aber kalt.«

»Nicht, wenn du dich gleich reinwirfst.«

Helena löste sich von Adler und meinte: »Dann lass ich die Männer mal allein und hole Handtücher.«

Sie entstieg nymphengleich dem Meer, wickelte sich in das im Sand liegende, nass gewordene Badetuch von Werner, schnappte ihre Kleidung, entzündete sich eine Zigarette und ging rauchend den ausgetretenen Trampelpfad zur Straße hinauf.

19.
SAMSTAG, SPÄTER ABEND

Unterach am Attersee

Petra saß mit einigen Kolleginnen und Kollegen im Besprechungsraum des Feuerwehrdepots Buchenort, der sich oberhalb der Fahrzeughalle im ersten Stock befand.

Schock und Verzweiflung waren deutlich an ihren Gesichtszügen abzulesen. Auch die anderen blickten betreten drein. Was vorerst einen einfachen Löschvorgang hatte erwarten lassen, war in einem tragischen Einsatzende geendet.

Eine Kameradin stellte einige Tassen mit Kaffee sowie Limonadenflaschen auf den Tisch. Bier während einer wichtigen Einsatznachbesprechung sah Kommandant Ludwig Berndorfer nicht gern, deshalb hatten sich einige bereits unten im Stiegenhaus ein paar Schlucke genehmigt. Luki hatte alle Beteiligten hinaufgebeten. Dieses Mal durften selbst zwei Jungs der Feuerwehrjugend, der man ab acht Jahren beitreten konnte, mit dabei sein.

Luki beendete gerade ein Telefongespräch mit dem Kommandanten der Ortsfeuerwehr Unterach. Er schnappte sich einen Sessel, stellte ihn mit autoritärer Geste etwas abseits vom Tisch ab und ließ sich darauf nieder.

»Kann ich bitte ein Mineralwasser haben?«

Es wurde ihm eine Einwegplastikflasche gereicht, und nachdem er das halbe Fläschchen ausgetrunken hatte, klärte er seine Kameradinnen und Kameraden über den Gesundheitszustand von Gustav, dem Verunglückten von der Ortsgruppe, auf.

»Also, ich habe soeben erfahren, dass Gus neben kleineren Brandwunden eine Schulter- und leider auch schwere Kopfverletzungen sowie eine Rauchgasvergiftung davongetragen hat. Die Ärzte im Krankenhaus haben ihn ins künstliche Koma versetzt. Ob er es übersteht, kann noch nicht abgeschätzt werden.«

Er räusperte sich, und das erneut auflodernde Weinen Petras ließ ihn gleich zur Sache kommen.

»Am Klimtsteg ist heute etwas geschehen, das unter gar keinen Umständen hätte passieren dürfen. Petra, was habt ihr euch dabei gedacht, euch ohne persönliche Schutzausrüstung dem Feuer zu nähern? Ihr könntet beide tot sein! Ist dir das klar?«

Beim zweiten Ansetzen leerte er die Wasserflasche zur Gänze und griff nach einer freien Kaffeetasse.

Das von Weinkrämpfen erschütterte Stammeln Petras war kaum zu verstehen. »Ich wollte ja nur … das Boot … Leinen lösen … damit … konnte nicht …«

»Petra, ich weiß, was ihr da tun wolltet, und ja, die Vorgehensweise wäre ja so richtig gewesen, wenn ihr nicht den Erstangriff in Zivil angegangen wärt.«

Luki goss sich etwas von der bereitstehenden Kondensmilch in den Kaffee und rührte betont laut mit einem Metalllöffel in der Tasse herum.

Es war mucksmäuschenstill, niemand getraute sich, die Ausführungen des Kommandanten zu kommentieren und etwas zu entgegnen. Als ob jemand die Pausetaste auf einer Fernbedienung gedrückt hätte. Das leise Pfeifen des versuchten unterdrückten Furzes vom dicken Titus, der am Fenster stand, war deshalb deutlich zu hören.

Alle blickten zuerst irritiert in seine Richtung. Ein halblaut gemurmeltes »Tschuldigung« zauberte den meisten Anwesenden ein Grinsen ins Gesicht. Zwei Männer, die neben Titus am Fenster gestanden hatten, entfernten sich vorsorglich um einige Schritte. Selbst die Kinder, die beim schmalen Küchenblock lungerten, stießen ein amüsiertes Glucksen aus.

Berndorfer, den heiteren Aspekt der Situation bekämpfend, wandte sich den Jungs zu und sprach sie mit ernsthaftem Ausdruck direkt an: »Ihr von der Feuerwehrjugend solltet euch für immer merken, was der Gustav und unsere Kameradin hier leider vergessen haben. Ohne persönliche Schutzkleidung, ohne Handschuhe und Helm seid ihr Zivilisten. Und somit nicht einsatzfähig. Versteht ihr das?«

Obwohl sie nichts angestellt hatten, außer ob des Furzes zu lachen, blickten die beiden betroffen zu Boden, als müssten sie den Rauswurf aus der erst vor Kurzem begonnenen Feuerwehrkarriere befürchten.

»Wäre Gus adjustiert gewesen, hätte er wahrscheinlich nur leichte Verletzungen davongetragen und könnte mit seinen Kameraden jetzt ein Bier trinken.«

Wieder ein Blick zu Petra, der nun nicht mehr so vorwurfsvoll wirkte.

»Wir sind heilfroh, liebe Petra, dass du rechtzeitig vom Steg zurück an Land gekommen bist. Dass wir dich weiterhin gesund unter uns haben. Heute Vormittag war immerhin dein erster Einsatz, für den du zu Recht gelobt worden bist. Aber das sollte dich nicht leichtsinnig machen. Denn ›Leichtsinn ist wie ein Feuer, das man nicht löschen kann, wenn es einmal angefacht ist‹. Hat ein alter französischer Schriftsteller behauptet. Und ich denke, dieser Spruch ist heute sehr treffend. Mir fällt nur im Moment der Name des Franzosen nicht ein.«

»La Fontaine«, sagte jemand.

»La … was?«

»So hat der Franzose geheißen. La Fontaine. Weiß ich noch von der Deutsch-Matura.« Die Stimme gehörte einer Kameradin, die bereits seit mehreren Jahren hier war und meist die gebrauchten Tassen abwusch, da einige der männlichen Kollegen dies immer wieder mal vergaßen.

Die Anspannung der Zuhörenden löste sich, und jemand fragte: »Weiß man schon, was auf dem Boot zur Explosion führte?«

Luki antwortete: »Nein, das wird noch geklärt, aber ich vermute, dass es die Batterie oder ein Benzinkanister gewesen sein könnte.«

»Brandstiftung, so wie heute Vormittag?«

»Möglich, das wird noch geprüft. Aber ich denke nicht immer an das Schlimmste. Also, Leute, lasst uns das Material versorgen und reinigen, bevor wir uns wieder ins Kastanienfest schmeißen. Das waren heute zwei sehr effektive Einsätze, bei denen ihr alle gezeigt habt, wie gut wir zusammenarbeiten können. Und das ist nur dank eures gemeinsamen, professionellen Vorgehens möglich. Ihr dürft euch zum Verdienst auf die Schulter klopfen.«

Erleichtert und mit belustigter Geste klopften sich einige tatsächlich gegenseitig die Schultern ab. Selbst Petra konnte sich ein sanftes Lächeln abringen.

Luki, nun mit dem Sessel an den Tisch gerückt, berührte kurz ihre auf der Holzplatte ruhenden Hände. »Ist alles in Ordnung?«

Sie nickte.

»Brauchst du Hilfe?«

Sie wusste, was er meinte, und sah ihm in die Augen.

»Nein danke. Luki, du hattest recht. Tut mir echt leid. Wird nicht mehr vorkommen!«

Und mit der an alle gerichteten Frage: »Kann mich wer zum Fest mitnehmen?«, kam Bewegung in die Menge, Stühle und Tische wurden herumgeschoben, leere Flaschen und Tassen abgeräumt und über dies und das geredet. Nur der alte dicke Schobesberger, der furzende Titus, hatte den besorgten Blick seines Kommandanten bemerkt, der der jungen und bisher so unbesonnenen Feuerwehrfrau Petra Zieher galt.

20.
SAMSTAGNACHT

Korfu, Griechenland

Alexandros lief bibbernd seiner Mutter entgegen, die ihn mit einem entrollten Badetuch empfing. Sie drückte ihn, rubbelte ihm den Rücken, wuschelte sein Haar und küsste ihn.

»Ähh, *vromás! Mamá*, du stinkst!«, er schnappte sich seine Kleidung, sprang mit feuchten Beinen in die Hose, wobei er dabei fast umgestürzt wäre, und stürmte hinauf zum Häuschen.

Werner, inzwischen ebenfalls beim Abtrocknen, lächelte zufrieden. Er mochte solche Szenen, die ihm ein friedliches Familienleben bescherten, wenn auch nur geborgt und für kurze Momente.

Während er in seine Sommerhose schlüpfte – die zusammengeknüllte Unterhose stopfte er sich in die Tasche –, sprach er vorsichtig ein Thema an, das er lieber hätte sein lassen sollen.

»Helena, Alexandros hat mich nach seinem Vater gefragt.«

»Hm. Und?«

»Es ist ein Problem für ihn. Warum klärst du ihn ...«

»*Gamoto*! Das geht dich einen Scheißdreck an!«

»Aber ...«

»Nichts aber. Sollte es für ihn wirklich ein Problem sein, heißt es noch lange nicht, dass es für dich auch eins ist.«

Sie stapfte ihrem Sohn nach, der sich soeben wieder auf der Liegepalette in die Decke kuschelte. Werner tat es ihr gleich.

Dort eingetroffen, streckte er dem Jungen den nach oben gerichteten Daumen entgegen, und dieser antwortete mit gleicher Geste und typisch griechischer Begrüßung: »*Yia Sou.*«

Helena kam mit einer Flasche Weißwein heraus und entkorkte sie. Er wusste, dass er sie jetzt nicht zur Mäßigung aufzufordern brauchte, obwohl es ihm auf der Zunge lag.

Alex lenkte ihn ohnehin ab und reichte ihm sein Tablet, das immer noch dort lag, wo sie es abgelegt hatten: »Werner? Können wir dann morgen ›The Mandalorian‹ weitergucken? Ich möchte wissen, wie es mit Grogu weitergeht!«

Adler schmunzelte innerlich. In Österreich sagte niemand »gucken«. Dort blickte, sah oder schaute man. Doch Alex sprach so ein schönes Deutsch, dass er sich als Ösi nicht annähernd kompetent genug fühlte, ihm die Piefke-Ausdrücke abzugewöhnen.

»Tut mir leid, Alex. Das muss bis zum nächsten Wochenende warten. Ich habe die ganze Woche Dienst in Unterach und werde deshalb nicht in Weyregg übernachten.«

Mutter und Sohn blickten ihn überrascht an.

»Habt ihr vergessen, dass die Straße zwischen Steinbach und Unterach für einige Wochen gesperrt ist? Ich kann nicht jeden Tag rund um den See in die Arbeit fahren.«

Helena, die etwas trübsinnig auf einer hölzernen Sitzgruppe saß, fragte zuerst nach. Wobei sie eher das Weinglas in ihren Händen ansprach als Werner: »Und warum nimmst du nicht das Boot?«

»Weil ich nicht auf Kosten der Republik das Dienstboot benutzen kann, um zur Arbeit zu fahren. Außerdem brauchen sie das Weyregger Boot für den nördlichen Attersee. Jetzt, wo wir endlich wieder zwei funktionierende Polizeiboote haben.«

Werner saß auf der Palette zu Füßen des Jungen und tätschelte ihm väterlich die Beine, was diesen dazu veranlasste, ihn mit den unter der Ecke herausgestreckten Zehen zu kitzeln. Gleich darauf balgten sich die beiden kichernd auf der harten Unterlage wie zwei junge Katzen.

»Und wo schläfst du dann?«

Nun blickte Helena Werner direkt an. Der antwortete, ohne nachzudenken, da er mit Kitzeln beschäftigt war: »Bei Ingeborg!«

»Ach so? Hast du noch eine Freundin?«

Den Rauch der eben angezündeten Zigarette blies sie demonstrativ zu den herumtollenden Kindsköpfen, die mit ihrem Spiel weitermachten.

»Hey. Ich rede mit dir. Könnt ihr bitte mit dem Schwachsinn aufhören?«

Sie fügte etwas Griechisches an, das keiner Übersetzung bedurfte und Alexandros augenblicklich verstummen ließ.

»Wer oder was ist Ingeborg?«

Ihr Blick verriet, wie ernst ihr die Angelegenheit war.

Mist, dachte Adler. Er war sich Helenas Eifersucht bewusst und hatte ihr eigentlich behutsamer beibringen wollen, dass er in den nächsten Wochen öfter mal in Ingeborgs Frühstückspension übernachten würde.

»Helena, ich habe dir bereits erzählt, dass eine Freundin von mir drüben in Stockwinkel eine Pension betreibt. Sie hat mir nun angeboten, während der Straßensperre eines ihrer Fremdenzimmer zu beziehen.«

»Und befindet sich das Gästebett zufällig in ihrem Schlafzimmer?«

Alexandros blies erstaunt die Backen auf, er war sich nicht klar darüber, ob er lieber verschwinden oder sich versteinern sollte.

»Helena. Ich liebe nur dich. Ingeborg ist eine alte Freundin aus Jugendtagen.«

Werner war aufgestanden und hatte ihr gegenüber auf

der Holzbank Platz genommen. Er griff nach ihrer Hand, die sie sogleich zurückzog. Ausgeatmeter Zigarettenqualm stieg ihm in die Nase.

»Tu, was du nicht lassen kannst. Ich werde sowieso wieder hierher zurückkehren. *Stin Kérkyra mou.* Dann mach ich es halt früher als geplant.«

»*Ti les*?«, nun erhob sich auch Alexandros. »Was sagst du da?«

»Wir werden wieder nach Griechenland ziehen. Sobald ich hier auf der Insel eine gut bezahlte Arbeit finde.«

»Was?« Das kam von beiden Männern im Chor.

»Ich habe mich bei einer Reisegesellschaft als Touristikerin auf Korfu beworben.«

Werner glaubte, sich verhört zu haben. »Na toll. Und wann wolltest du uns das mitteilen?«

Ein Komboloi, die landestypische Perlenschnur, die Alexandros in der Unterkunft gefunden und mit der er gerade gespielt hatte, flog auf den Tisch, an dem die Erwachsenen saßen. Beim Versuch, sie aufzufangen, kippte das Weinglas um, und der Inhalt ergoss sich auf die Holzplatte.

»Dann musst du allein hierherziehen. Ich bleibe bei Werner! Das hast du davon!« Er setzte sich demonstrativ an die Seite seines selbst erwählten Ersatzvaters.

»Das bestimme immer noch ich, *Agàpi mou*.«

Werner bemerkte sofort die wieder aufglimmende Glut, die Alexandros Gemüt erfasste.

»*Ochi*, nein«, antwortete dieser mit einer Festigkeit in der Stimme, dass den Erwachsenen für einen Moment die Luft wegblieb. »Ständig ziehst du um. Alle anderen sind dir völlig egal. Du hast mich nie gefragt, ob ich das auch möchte. Kaum habe ich Freunde gefunden, verliere ich sie wieder. Nur wegen dir. Ich habe keinen Vater und keine

Großeltern. Wegen dir. Heute habe ich erfahren, dass mein Vater ein Mörder sein soll. Großartig, nicht?«

Er blickte kurz zu Werner, als ob er von ihm eine Bestätigung erwartete, und auch Helena sah ihn fragend an.

»Das hat mir Markos gesagt, den ich bisher nur zweimal in meinem Leben gesehen habe. Und der mehr über meinen Vater weiß als ich. Und das nur wegen dir!«

Tränen schossen aus seinen Augenwinkeln, doch immer noch in Rage wischte er den Versuch der Erwachsenen, tröstend einzugreifen, mit einer Geste beiseite.

»Ich möchte endlich wo bleiben können. Ja, gerne auch bei den Ösis. Die sind nicht alle so schlimm, wie du vorher immer gesagt hast. Es gibt viele nette Leute unter ihnen. Und … und … Werner …«, er blickte erneut kurz zu ihm auf, »Werner … ist jetzt so was wie mein Vater. Ob es dir passt oder nicht.«'

Er knallte mit der offenen Hand auf den Tisch, sodass der vergossene Wein aufspritzte. Dann schnappte er sich wieder das Komboloi und richtete sich auf. Abermals erfolgte ein Blick zu Werner, der ihm ein angedeutetes verständnisvolles Nicken schenkte. Der Junge lief schniefend ins Haus hinein, um das entfachte Feuer bei seiner Mutter zurückzulassen, wo es ruhig weiterbrennen sollte. Er würde die heiße Glut noch länger in sich selbst spüren und darauf achten, sie behutsam ausgehen zu lassen, trotz einiger immer wieder emporzüngelnder Flammen.

Helena sah Alexandros nach, drehte sich wieder zu Werner, stellte erst jetzt das Weinglas auf und schenkte erneut ein.

»Hast du das gewusst? Ich meine, dass er …«

Er nahm ihr das Glas aus der Hand und trank es in einem Zug aus. »Tja. Dein Sohn hat auch Bedürfnisse. Möchte sein Leben selbst mitbestimmen. Und ich kann es ihm nicht verübeln. Er hat sich mir vorhin anvertraut. Und ja, ich liebe nicht nur dich, sondern auch ihn. Als wäre er mein eigener Sohn.«

Nun war es an Helena, den Tränen ihren Lauf zu lassen.

»Und ich möchte dir sagen, dass du stolz auf ihn sein kannst. So klug und vernünftig, wie er ist. Ich bekomme in meinem Beruf ganz andere Richtungen mit, in die sich junge Menschen entwickeln können. Er hat es verdient, dass du auch auf ihn Rücksicht nimmst, und vor allem, dass du ihm ernsthaft zuhörst und ehrlich zu ihm bist!« Werner nahm Helenas Hand, küsste sie und sah ihr liebevoll, aber auch melancholisch in die Augen.

»*Dikaiología*. Es tut mir leid. Ich kann ihm die Wahrheit nicht sagen«, flüsterte sie und legte ihren Kopf auf Werners Handteller, der offen vor ihr auf der Tischplatte lag. Die Geschehnisse des Tages und der konsumierte Alkohol waren sogar für ihr anscheinend so robustes Wesen eindeutig zu viel gewesen.

21.
SONNTAGMORGEN

Stockwinkel, Ortsteil von Nußdorf am Attersee

Ingeborg dröhnte der Kopf. Sie hatte in der Nacht vergessen, den Wecker auszuschalten. Fast jeden Morgen nahm sie sich vor, die unseligen Töne an ihrem Elektrowecker umzustellen, die nur ansatzweise eine Melodie erahnen ließen. Doch jedes Mal blieb es lediglich beim Vorsatz.

Sie schlug auf das Gerät, das sofort verstummte, und warf dadurch ihren Bücherstapel um, der im Laufe der Wochen erneut angewachsen war. Romane, die sie noch nicht zu Ende gelesen hatte und bei denen sie teilweise auch gar nicht mehr vorhatte, es zu tun. Meditationsanleitungen und Ratgeber zur Partnerschaft, die ihr trotz vielversprechender Werbetexte nichts Neues verrieten.

Sie drehte sich zur anderen Seite, versuchte mit ihren Fingern, die nicht mehr vorhandene Wärme neben sich zu erspüren. Ein befriedigtes Lächeln machte sich auf ihren Lippen breit. In ihren jungen Jahren, in denen sie in Bad Ischl im Internat der Tourismusfachschule gelebt hatte, in einem der drei Türme des Spinatbunkers, wie die Gebäude der Farbe wegen von den Studierenden genannt worden waren, dort hatte sie das erste und letzte Mal Sex mit einer Frau gehabt. Mit einer ihrer damaligen Freundinnen. Und vergangene Nacht, 19 Jahre später, war es wieder geschehen. Sie hatte mit Beatrice zum Abschluss des Kastanienfestes zu Hause noch eine Flasche Wein getrunken. Einen

Welschriesling, der Paula hieß. Vom Auer, dem Gasthof in Unterach, dessen Besitzer zusätzlich ein kleines Weingut im Burgenland betrieb und neben anderen Gastwirten für die Verköstigung am Fest gesorgt hatte. Beide Frauen waren bereits vor der Fahrt zur Frühstückspension leicht angetrunken gewesen. Werner Adler hätte sie auf keinen Fall mehr fahren lassen, und die wirklich netten Polizistinnen samt Kollegen hielten wahrscheinlich Ausschau nach den richtig Fetten, wie hier Volltrunkene auch genannt wurden.

Der Alkoholgehalt von Paula, vermischt mit den vorher bereits konsumierten Getränken, hatte es Beatrice erleichtert, Ingeborg zu umgarnen und zu befingern. Ihr hatte es gefallen, sie hatte sich begehrt gefühlt, und bevor sie auf die Idee gekommen waren, eine zweite Flasche zu öffnen, waren sie im Bett gelandet, ohne Paula.

Und ja, es hatte ihr gutgetan, ihr Spaß gemacht nach der monatelangen sexuellen Abstinenz von ihrem Ehemann, der erst zu Allerheiligen wieder an den Attersee kommen sollte. Und sie hatte dabei erfolgreich vermieden, »mein Schatzerl« auszusprechen.

Beatrice erschien in Unterwäsche im Türrahmen. »Ich laufe noch eine Runde. In ungefähr einer Stunde bin ich zurück, und dann können wir frühstücken. Oder …« Sie trat zu ihr, setzte sich ans Bett und strich sanft über Ingeborgs Brüste. »Oder … du wartest genau hier auf mich …« Ohne den Satz zu vervollständigen, glitt ein Finger über die Haut bis unter den Bauchnabel, um vielleicht später Folgendes anzudeuten. Sie beugte sich vor, küsste Ingeborg und verschwand Richtung Gästezimmer, wo sie ihre Sportkleidung anlegte.

Ein paar Minuten später hörte Ingeborg die Haustür zufallen. Sie war hin- und hergerissen zwischen der Sinnlichkeit dieser Frau und ihrem Gewissen. Dieses Verhältnis weiterzuführen, käme nach ihrem Dafürhalten einem Fremdgehen gleich. Sie liebte ihren Mann, obgleich sie sich nie sicher war, ob er sie in Spanien nicht mit einer anderen Frau betrog. Oder einem Mann? Dieser Gedanke war ihr noch nie gekommen, drängte sich ihr aber jetzt nach ihrem gleichgeschlechtlichen Abenteuer auf.

Sie nahm ihr Smartphone zur Hand und las eine Nachricht von Dieter, der ihr jeden Abend zum Schlafengehen einen Gutenachtkuss mit einem Meeresfoto sandte. Sie aktivierte ihre Musik-App, und es erklang »The Girl in the other room« von Diana Krall. Sie schürzte die Lippen zu einem Kuss, fotografierte sich und sandte das Ergebnis nach Spanien.

Dann erhob sie sich, schüttelte das Bettzeug auf, so wie sie es immer bei den Gästebetten tat, öffnete das Fenster und ließ die noch vorherrschende Bettwärme in die feuchte Morgenluft entweichen.

Unter der warmen Dusche ließ Ingeborg das Geschehen Revue passieren. Sie hoffte nur, dass sich Beatrice nicht in sie verliebt hatte und es nur ein One-Night-Stand, ein echt geiler, war. Der aber zu einer Gefahr für ihre Ehe und ihr Ansehen werden konnte.

Das Frühstück würde sie für den Gästeraum vorbereiten und nicht in ihrer Wohnung, die sich ebenso im hinteren Teil im Erdgeschoss befand. Sie hatte vor, einen gewissen Abstand zu Beatrice zu halten, selbst wenn sie noch nicht wusste, wie sie das bewerkstelligen sollte.

22.
SONNTAGMORGEN

Unterach am Attersee

Petra hatte die halbe Nacht in den Armen ihres Freundes verbracht. Spätabends war sie mit Clemens vom Kastanienfest zum Sommerhäuschen am südlichsten Ufer des Attersees marschiert, das seiner Mutter gehörte. Sie hatten verabredet, gemeinsam die Nacht dort zu verbringen. Da sie bereits seit über einem Jahr ein Paar waren und als vernünftig galten, hatte kein Elternteil etwas dagegen, dass sie ab und zu die Nacht im Häuschen am See verbrachten, das im Gemeindegebiet von Sankt Gilgen lag. So wie Unterach sich vom Attersee zum Mondsee erstreckte, verhielt es sich mit Sankt Gilgen, welches am Wolfgangsee lag und bis zur Seeache am Attersee reichte.

Sie hatte viel geweint und daher die tröstende Geborgenheit, die körperliche Nähe, die ihr Clemens mit seiner 1,80 Meter großen Statur bot, bitter nötig gehabt. Kurz bevor sie gestern Nacht das kleine Holzhäuschen mit Stromanschluss, eingebauter Nasszelle und Toilette erreicht hatten, war ein Anruf von Luki, ihrem Feuerwehrkommandanten, bei ihr eingegangen. Gustav, der junge verunglückte Feuerwehrmann, war seinen Verletzungen im Krankenhaus erlegen. Von niemandem bemerkt, hatte er sich am Steg mit einem Fuß in den Seilen des Bootes verheddert, dadurch eine Menge toxischen Rauch eingeatmet und war somit den Auswirkungen der Explosion schutzlos ausgesetzt gewesen. Genaueres würde die Obduktion ergeben.

Clemens hatte versucht, ihr die nicht gerechtfertigten Selbstschuldzuweisungen auszureden, was ihm in dieser Schockphase, in der sich Petra befand, nicht gelungen war. So war er einfach für sie da gewesen, hatte ihr zugehört und sie getröstet, bis sie an seiner Seite eingeschlafen war.

»Clemens, das von gestern und die Nachricht dieser Nacht habe ich nicht geträumt, oder?« Auf dem ausgezogenen Sofa liegend, blickte sie auf seinen lang gezogenen Rücken, den sie so oft zärtlich mit ihren Fingernägeln und gewissem Druck bearbeitete, was ihn seinerseits zum Erschaudern und Erzittern brachte.

»Leider nein, Petzi.« Nur er durfte sie so nennen.

Das typisch vibrierende Geräusch kündigte an, dass es in wenigen Sekunden eine Tasse Kaffee geben würde.

Sie richtete sich auf, zog ihr schwarzes Trägertop an und gleich darauf wieder aus, da es vom Vortag immer noch nach Rauch roch, und bewegte sich auf die auf den See ausgerichtete Tür zu. »Ich geh schnell untertauchen und mich waschen.«

Die breite Badeplattform war nur vom See aus einzusehen, somit konnte sie nur mit Höschen bekleidet ungeniert über eine schmale Metalltreppe ins kühle Wasser steigen, um ihr Vorhaben auszuführen.

Clemens empfing sie mit einem flauschigen, gut riechenden Badetuch, das er zuvor auf dem hier zugehörigen elektrischen Radiator aufgewärmt hatte. Dann reichte er ihr die dampfende Tasse Kaffee. Trotz der kühlen Morgentemperatur nahmen sie im Freien auf einer Holzbank Platz und sahen kaffeeschlürfend auf den See, dessen Wasserspiegel weitläufig vom Verdunstungsnebel bedeckt war.

Clemens legte ihr den Arm um die Schultern und drückte sie leicht an sich. »Geht es … so halbwegs?«

Sie nickte grummelnd, stellte ihre Tasse ab und streichelte unter dem Shirt seinen Bauch. »Tut mir leid, dass der Abend gestern so geendet hat.«

»Da kannst ja du nichts dafür. Du wolltest nur helfen. Versprich mir, dass du dir keine Vorwürfe machst. Und vor allem, dass du nie mehr so etwas Verrücktes tust. Ich möchte mir gar nicht ausmalen, wenn du statt Gustav …«, er brauchte den Satz nicht zu Ende zu sprechen.

Sie nickte erneut, drückte ihm einen Kuss auf die Wange und stand auf. »Ich dreh noch eine Runde mit meinem Bike.«

»Soll ich mitfahren?«

»Nein danke. Ich möchte ein bisschen allein sein. Ich komme wieder hierher zurück.«

»Gut. Geht klar.«

Sie hatten die Fahrräder am Tag zuvor hier abgestellt, um eventuell eine kleine gemeinsame Sonntagstour zu machen.

Clemens blieb sitzen, hörte, wie sich seine Freundin anzog und den Klappständer an ihrem Rad hochstellte.

Er trank den restlichen Kaffee aus, entledigte sich seiner Kleidung und stieg nackt in das kalte Wasser.

Er vernahm ein sich näherndes Surren von einer Drohne, die eine Runde über das südliche Ufer des Sees flog.

»Spanner«, warf er dem unbekannten Beobachter vor, obwohl er immerhin selbst mehrmals mit einer Drohne eines Freundes über fremde Grundstücke geflogen war. Er tauchte unter und schnell wieder auf. Schnappte ob der Kälte nach Luft, ging in die Knie, um bis über die Schultern erneut im Wasser zu sein, und führte einige tiefe Atemzüge aus, einer Meditation gleich.

Sein Smartphone spielte die ersten Takte von »Stumblin' In«, einem Hit aus den 70ern des vorigen Jahrhunderts, der es durch einen Remix erneut auf die aktuellen Hitlisten geschafft hatte.

Eilig kletterte er die Stufen hinauf und rutschte wegen der nassen Füße auf den taufeuchten Holzplanken aus. In Ermangelung der Möglichkeit, sich festzuhalten, schlug er mit der linken Hüfte auf die harten Holzbretter auf. Er schrie vor Schmerz, rappelte sich wieder auf und humpelte, ohne sich vorher abzutrocknen, hinein, wo die Musik soeben erstarb.

Petra hatte versucht, ihn zu erreichen. Mit einem Tastendruck aktivierte er die Wiederwahl.

»Clemens, ich komme im Moment nicht zurück«, sie klang atemlos. »Ich bin am Weg zum Feuerwehrdepot, eine Hütte brennt auf der Promenade.« Aufgelegt.

Wie zur Bestätigung hob wieder die Sirene der Feuerwehr an. Sich die Hüfte reibend, ging Clemens vorsichtig ins Freie, immer noch nackt, und entdeckte hinter dem Campingplatz eine schwarz aufsteigende Rauchsäule.

23.
SONNTAGFRÜH

Im Flugzeug

»Ich habe beim Check-in ausdrücklich darum gebeten, nicht am Notausstieg zu sitzen.«

Mit diesen Worten begann die Odyssee der Rückreise für Alexandros, Helena und Werner. Der Junge war enttäuscht, da es in der neunten Reihe kein Fenster zum Hinausblicken gab. Er liebte es, den Start, den Flug und die Landung durch die Luken beobachten zu können. Zumindest die vordere Reihe bot die Möglichkeit, von hier aus seitlich durch das dicke Glas zu sehen. Kaum hatten sie Platz genommen, vernahmen sie hinter sich die aufgebrachte weibliche Stimme. Eine alte Dame mit dichtem weißem Haar und fast genauso heller Haut reklamierte ihren ihr zugewiesenen Sitzplatz. Ein Stimmengewirr aus dem Tiroler Akzent der Flugbegleiterin und dem Wienerdeutsch der Passagierin setzte ein. Und das, während sich der Strom der weiteren Reisenden an ihnen vorbeiwälzte, um ihre jeweiligen Sitzreihen zu erreichen. Es war den Zuhörenden bald klar, dass die Dame, von einer unbegründeten Angst geleitet, auf keinen Fall in der zehnten Reihe Platz nehmen wollte. Es waren die Sitze mit mehr Beinfreiheit beim Notausstieg. Werner drängte sich die Vermutung auf, dass dadurch der Start verzögert werden könnte. Und das ausgerechnet an dem Tag, an dem er so bald wie möglich seinen Polizeikollegen in Unterach ablösen sollte.

Bevor Helena ihn daran hindern konnte, war er aufgestanden und hatte sich den nun schon beinahe streitenden Frauen zugewandt. »Hören Sie, wir können gerne den Platz tauschen. Mir macht das nichts aus. Ist ja nicht einmal für zwei Stunden.« Im selben Tonfall holte er sich bei Helena und ihrem Sohn mit einer Suggestivfrage die Erlaubnis. »Nicht wahr, mein Schatz, das macht euch doch nichts aus?«

Die »Schätzin«, bereits sitzend, hob und senkte genervt den Kopf, schickte ihrem Sohn eine Grimasse und sprach das genaue Gegenteil davon aus: »Aber nein. Kein Problem. Bitte, hier können Sie gerne Platz nehmen.« Ein süßes, fälschliches Lächeln zierte ihr Antlitz. Sie erhob sich, trat aus der Reihe und ließ Werner passieren, der zuvor neben dem Jungen in der Mitte der Dreiersesselkombination Platz genommen hatte. Ein Kneifen in sein Hinterteil war nur eine kleine verärgerte Geste, und er wusste, dass er sich nach der Landung in Österreich einiges anzuhören hatte.

»Vielen Dank, das ist sehr nett von Ihnen«, antwortete die weißhaarige Dame und quetschte sich an den zweien vorbei, wobei ihr üppiger Busen an Werners Oberkörper drückte und ihm einen peinlichen Moment bescherte, den er mit einem undeutlich gestammelten »Entschuldigung« zu entschärfen versuchte, obwohl er gar nichts dafürkonnte.

Die Wienerin ging nicht darauf ein, entdeckte den sitzenden Jungen und gab ihm mit Gestik und Mimik eindeutige Zeichen, die nur er sah und ebenso verstand. »Braver Junge! Lässt du mich bitte an die Wand zurück? Dafür kannst du bei deiner Mutter sitzen. Das willst du doch sicher, nicht wahr? Danke!«

Niemand hatte den Mut, ihr den Sitz zu verwehren. Selbst der hilfesuchende Blick des Minderjährigen zu seinen begleitenden Erwachsenen änderte nichts daran. Um ihren Sohn nicht zur Gänze der bestimmenden Fremden auszuliefern, nahm Helena den Mittelplatz ein.

Bald saßen alle Passagiere dort, wo sie sein sollten beziehungsweise wollten, und das Flugpersonal gab die Kabinen als startklar an die Piloten frei.

Alexandros drehte sich über den Mittelgang nach hinten zu Werner, der neben einem dicklichen älteren Mann in weißem Hemd und offen stehender grauer Jacke saß. Verwundert betrachtete er die modernen Shokz-Kopfhörer des Fremden, die er selbst gerne hätte und die, seiner Meinung nach, gar nicht zu dem Alter des Mannes passten.

Werner gab ihm mit einem Victoryzeichen und einer lustigen Fratze zu verstehen, dass alles in Ordnung sei.

Werner genoss während des Fluges die Beinfreiheit und schloss mehrmals die Augen, um etwas dahinzudämmern. Sein Nachbar, vermutlich ein Grieche, hatte ihm in einem Kauderwelsch aus Deutsch, Englisch und Griechisch zu erklären versucht, dass sein Sohn, Neffe oder anderer Verwandter in *Afstria* lebe und er ihn zum ersten Mal dort besuche. Da der Sprachbarriere wegen keine normale Konversation entstehen konnte, hatte sich der Mann, der mindestens doppelt so alt war wie Werner, seiner Musik hingegeben und war bald eingenickt, was in leisen Schnarchgeräuschen seine Bestätigung fand. Werner war versucht, ihm die Kopfhörer zu entwenden, um sie sich selbst aufzusetzen. Er dachte darüber nach, vielleicht doch noch Griechisch zu lernen, obwohl die wenigen Worte, die er bisher gebraucht hatte, sich nicht in seinem Kopf verankern wollten.

Helena war der neuen Sitznachbarin ausgeliefert, deren aufdringliche und raue Stimme bis zu ihm zu hören war. Alexandros hatte ihm schon zweimal die Kopf-ab-Geste gezeigt und dabei die Augen verdreht.

Werner lächelte ihm verstehend zu, stellte seinen Sitz etwas nach hinten und ließ in Gedanken den gestrigen Tag Revue passieren. Da er sein Handgepäck mitsamt dem Tablet in der Ablage über dem ursprünglichen Sitz verstaut hatte, blieb ihm nichts anderes übrig, als die »Sonntagskrone« zu lesen, die ihm beim Betreten des Flugzeugs zugesteckt worden war.

24.
SONNTAG, FRÜHER VORMITTAG

Unterach am Attersee

Die alte Bootshütte am Naturbadeplatz stand lichterloh in Flammen. Alle drei Feuerwehren der Ortschaften waren eingetroffen: Au-See, Buchenort und Unterach. Das A-Boot mit Sarah am Steuer sowie die Wasserrettung hatten sich vom See aus genähert. Die Feuerwehrfrau steuerte das Metallboot zu den beiden renovierungsbedürftigen Holztoren, die zum See hin ausgerichtet waren. Ihre männlichen Kollegen an Bord bespritzten diese bereits mit Wasser, damit eines davon gleich aufgebrochen werden konnte. Der Brandherd lag eindeutig auf der Landseite der Hütte, und somit war es trotz des Brandes noch möglich, eines der Tore mit Axt und Brechstange zu öffnen. Von den beiden inliegenden alten Ruderbooten hatte eines bereits Feuer gefangen. Personen waren wie vermutet nicht zu sehen. Somit war es nicht unbedingt erforderlich, dass jemand von den Einsatzkräften in das Gebäude eindrang. Sarah gab die Information per Funk an den Kommandanten an Land weiter, der den Einsatz vom Ufer aus koordinierte. Immer wieder kündigte lautes Schnalzen das Zerspringen von Dachziegeln an, was durch die herumfliegenden Teile für die Einsatzkräfte nicht ungefährlich war.

Petra, erneut mit Tränen in den Augen, stand an der vordersten Front der vielen Schaulustigen, die sich inzwischen an der Promenade eingefunden hatten. Darunter auch einige Kinder, die sich nur ungern abhalten ließen, sich dem Geschehen zu nähern. Wieder wurden unzählige Smartphonekameras auf das Feuer und die Einsatzkräfte gerichtet.

Petra hasste es, hier unbeteiligt stehen zu müssen. Luki hatte ihr verboten, dem Einsatz aktiv beizuwohnen, obwohl er darüber informiert war, dass sie den Brand zuerst gemeldet hatte, als sie bei ihrer frühen Radtour direkt am brennenden Gebäude vorbeigekommen war. Das meterhohe dürre Schilfgras an der Breitseite der Hütte, von dem jetzt kaum noch etwas zu sehen war, diente sicherlich auch als natürlicher Brandbeschleuniger, was der teilweise schwarze Boden unter den Füßen der Einsatzkräfte vermuten ließ.

Eine Polizistin und ein betreten dreinblickender Kollege von Petra hielten die Zuschauer auf Abstand. »Tut mir leid«, murmelte er ihr zwischendurch zu.

Plötzlich griff jemand von hinten auf ihre Schulter. Sie wirbelte erschrocken herum und blickte in das Antlitz ihres Freundes.

»Ich dachte, du bist da dabei?«, fragte er sie erstaunt und nickte in Richtung Feuer.

Petras Anspannung ließ nach, und sie lehnte sich mit dem Kopf an seine Brust: »Ich darf nicht. Sie haben es mir verboten. Keine Ahnung, warum. Hat wahrscheinlich mit gestern zu tun.«

Clemens wusste nichts darauf zu antworten und beobachtete mit ihr gemeinsam die Löscharbeiten der gelb behelmten Frauen und Männern. Zwei Strahlrohre spuckten vom vorgelagerten Badesteg aus Unmengen an Wasser auf das brennende Gebäude, gespeist von den Pumpen an den Fahrzeugen, die wiederum das Wasser aus dem See ansaugten. Petra, technikaffin, wie sie war, hatte sich diese Pumpen vor längerer Zeit genau erklären lassen.

Beim Rettungswagen, der wie die Feuerwehrfahrzeuge vom nahe gelegenen Tennisplatz auf die Wiese heruntergekommen war, ließ sich ein Feuerwehrmann verarzten. Wer es war und wie schwer die Verletzungen waren, konnte Petra von ihrem Standpunkt aus nicht sehen. Die Erinnerungen vom Vortag stiegen in ihr hoch, ein innerlicher Schauer erfasste sie, und sie verspürte den Drang, sich irgendwo festzuhalten, was sie verkrampft bei ihrem Freund versuchte.

»Au! Du zwickst mich!« Er wollte sich ihr entwenden, doch als er die Verzweiflung in ihren Augen bemerkte, ließ er die Umklammerung zu und legte die Arme um seine Freundin.

In diesem Augenblick verstand Petra die Entscheidung ihres Kommandanten, sie an diesem Einsatz nicht teilnehmen zu lassen. Sie wäre vielleicht wieder zu einer gefährdeten Person geworden.

Eine sportlich wirkende ältere Frau an ihrer Seite zeigte auf eine Stelle links von ihnen im Wasser. »Da treibt etwas. Meinen Sie, das kommt vom Feuer?«, fragte sie mit bayerischem Akzent.

Die Umstehenden folgten mit den Blicken ihrem ausgestreckten Arm über die Ufermauer hinweg und entdeckten im See einen schwarzen Fleck.

»Scheiße!«, entfuhr es Petra.

»Was ist das?«, fragte jemand.

Selbst die Polizistin vor ihnen wurde auf sie aufmerksam. Die junge Feuerwehrfrau außer Dienst hatte sich wieder gefangen und zeigte nun ihrerseits auf das im Wasser Treibende. »Das ist ein Kanister. Solche haben wir gestern beim Brand oben in Misling gefunden. Der Stadelbrand war eine Brandstiftung.«

Der Kanister schaukelte im hüfthohen Wasser zwischen den zwei vorhandenen Badestegen. Gleichzeitig hingezogen, um das Gefäß herauszuholen, und zurückgehalten der kalten Temperatur wegen, entstand unter den Anwesenden eine körperliche Spannung, die geübte Beobachter durch das kaum merkbare Hin- und Herwippen der Körper hätten erkennen können.

Clemens löste sich von Petra. »Soll ich?«, fragte er sie, und zu der Polizistin gewandt: »Ich kann sie gerne herausholen. Ich habe es nicht weit … nachher, zum Umziehen.« Er deutete mit dem Kopf in die Richtung, wo das Badehäuschen seiner Eltern lag.

»Nein, bitte nicht!«, entgegnete die Uniformierte. Sie entfernte sich auf die zweite, ebenfalls von den Einsatzkräften frei gehaltene Badeplattform. Rief den Leuten im Boot der Wasserrettung etwas zu, die sich ihr näherten. Nach kurzer Erklärung tuckerte das Motorboot zum im Wasser treibenden Gegenstand, wo er herausgefischt und der Polizistin am Steg übergeben wurde. Der Kanister war teilweise verschmolzen und wahrscheinlich unbeabsichtigt ins Wasser geraten. Die Polizistin funkte ihren Kollegen an, der beim Gebäude vom Tennisplatz die Schaulustigen auf Entfernung hielt. Anschließend nestelte sie Handschuhe aus ihrer Uniform und übergab den Behälter mit großer Behutsamkeit einem Feuerwehrmann, der ihn vorerst aus Sicherheitsgründen zu den Einsatzfahrzeugen auf der Wiese brachte.

25.
SONNTAG, FRÜHER VORMITTAG

Über den Wolken

Beide Männer hatten die meiste Zeit während des Fluges geschlafen. Erst die Information des Piloten, dass sie sich im Landeanflug auf Salzburg befanden und die Anschnallgurte anlegen sollten, die ohnehin die ganze Zeit unter ihren Bäuchen geschlossen waren, holte sie auch mental wieder ins Flugzeug zurück. Kurz stellte sich Werner Adler die Frage, ob der Grieche neben ihm nicht das Smartphone ausschalten musste, da die Musik weiterhin über Bluetooth an seine Kopfhörer gesendet wurde.

Zu seiner Linken nahm eine junge Stewardess auf dem dafür vorgesehenen Klappstuhl Platz, nachdem sie die Anschnallpflicht bei den Passagieren kontrolliert hatte. Das Absinken des Flugzeuges war deutlich spürbar, ohne dafür aus dem Fenster sehen zu müssen. Sein älterer Sitznachbar richtete sich plötzlich auf, starrte ihn mit nach oben flackernden Augen an, versuchte etwas zu sagen, was ihm nicht mehr gelang, und sank vornüber – nur von seinem dicklichen Bauch und dem Gurt auf dem Sitz gehalten.

»Was ist mit Ihnen?« Trotz des Landeanflugs versuchte Werner, sich ihm zuzuwenden und ihn etwas aufzurichten. Doch er war schwerer als vermutet.

»Schnell, Sie müssen mir helfen!«, sagte er zur Stewardess, die nichts von dem Zwischenfall mitbekommen hatte.

»Bitte bleiben Sie sitzen. Wir dürfen aus Sicherheitsgründen erst aufstehen, wenn das Flugzeug seine Parkposition erreicht hat.«

Werner ging nicht darauf ein, löste seinen Gurt und drehte sich zur Gänze dem bewusstlosen Mann zu. Er hob seinen Kopf an, glasige Augen starrten ins Leere. Er könnte im Moment bestenfalls nach dem Puls tasten, doch ihm war klar, dass dieser Passagier nicht mehr atmete.

Holpernd setzte das Flugzeug auf, wodurch Werner auf den Boden rutschte.

»Was machen Sie da? Lassen Sie das!« Die Stewardess schien verärgert zu sein.

»Der Mann atmet nicht mehr, Sie müssen mir helfen. Verständigen Sie den Piloten!«

Adler kniete vor dem Bewusstlosen und steckte die Hände zwischen dessen Bauch und Oberschenkel, um die Schnalle des Sicherheitsgurtes zu ertasten.

»Der Co-Pilot lässt fragen, ob Sie sich sicher sind, dass er keine Atmung hat.« Die Frau, mit einem Bordtelefon in der Hand, schien einfach nicht zu kapieren, dass hier schnelles Handeln gefordert war.

»Hören Sie, ich bin Polizist und erfinde solche Sachen … aaah.« Die Schnalle sprang auf und der Mann kippte nach vorne, auf Werner zu, der ihn mit einer Umarmung aufzufangen versuchte.

Alexandros, der die Szene von seinem Platz aus beobachtete, konnte sich ein Lachen nicht verkneifen, obwohl er mitbekam, dass da was gar nicht in Ordnung war.

Das Flugzeug verringerte die Geschwindigkeit, was den leblosen Körper noch stärker gegen Werner presste. Wie ein sich umarmendes Liebespärchen, Wange an Wange, Bauch an Bauch, mussten sie bis zur vollständigen Bremsung ausharren. Adler rang nach Luft, da ihn das Gewicht des über ihm Liegenden durch den Schub schier zu erdrücken schien.

Einer der schmalen Kopfhörer, die verrutscht waren, stach ihm ins Gesicht, und er vernahm eine weibliche Jazzsängerin, die ihm »Cheri, I love you so« entgegenhauchte.

Endlich ließ die gefühlte Versteinerung nach, und er fing an zu strampeln und zu drücken. »Kommen Sie, helfen Sie mir, ihn von mir runterzuschieben.«

»Ich darf noch nicht aufstehen, wir fahren …«

Jetzt schrie Werner, was er ganz selten tat: »Los, der Mann stirbt hier! Wollen Sie daran schuld sein?«

Plötzlich stand Alex neben ihm, der kapierte, in welcher Notlage sich Werner befand. Jetzt erst löste sich die Stewardess von ihrem Platz und wollte den Jungen wegschicken.

»Der gehört zu mir. Wir müssen den Mann auf den Rücken legen. Alex, nimm ihm die Kopfhörer ab.« Diese hatten sich auf einer Seite in dem dichten grauen Haar verfangen. Der Junge löste sie von dem mächtigen Schädel und setzte sie sich probehalber auf. »Love me or leave me«, sang ihm Nana Mouskouri ins Ohr.

Adler versuchte, sich mit dem menschlichen Paket nach rechts zu drehen, damit Alex und die Stewardess es von ihm runterhieven konnten.

»Meine Damen und Herren, wir haben vermutlich einen medizinischen Notfall an Bord«, ertönte unterdessen eine Lautsprecheransage. »Bitte bleiben Sie auf Ihren Plätzen und lösen Sie Ihre Gurte erst, wenn das Zeichen zum Anschnallen über Ihnen erlischt. Sollte ein Arzt oder eine Ärztin an Bord sein, melden Sie sich bitte bei unserem Flugpersonal.«

Werner beugte sich zu dem vor ihm auf den Rücken liegenden Griechen hinunter. Sein Verdacht bestätigte sich: Hier war jemand dabei, sich von dieser Welt zu verabschieden.

Während er sich auf die Oberschenkel des Leblosen setzte, wies er Alex an: »Geh zu deiner Mutter. Wir brauchen hier

Platz.« Und an die Stewardess gerichtet: »Ich beginne mit einer Herzdruckmassage. Sie beatmen ihn zweimal, wenn ich Pause mache.«

Er zog die Jacke des Bewusstlosen so weit wie möglich auseinander, um seine Handballen auf der Mitte des Brustbeines zu platzieren. Sofort begann er mit aller Kraft, den Brustkorb nach unten zu drücken und wieder loszulassen. In schnellem Rhythmus bearbeitete er das Herz und versuchte, sich den Bee-Gees-Song »Stayin' Alive« ins Gedächtnis zu rufen. Das Rote Kreuz machte damit für die Herzdruckmassage Werbung, da der Rhythmus des Liedes ideal dafür sei.

Das ganze Prozedere verlangte Adler große Anstrengung ab, denn zu beachten war, dass dem Niederdrücken des Brustkorbs jedes Mal eine vollständige Entlastung folgen sollte. Nach ungefähr 30 Kompressionen richtete er sich auf, hob kurz die Hände und erwartete, dass die Stewardess die Beatmung ausführte.

»Was ist?«, bellte er die Frau an, die ihn entgeistert anstarrte.

»Ich kann das nicht!« Sie zeigte verzweifelt auf den Leblosen, als wäre er ein ekliges Ding, das sie nicht berühren wollte.

»Dann holen Sie einen Defibrillator! Ihr werdet wohl einen an Bord haben.«

Er ließ sich wieder nach vorne sinken und führte die rettenden Maßnahmen fort.

Die Thoraxkompression hatte zur Folge, dass das flimmernde Herz vom Brustbein nach unten an die Wirbelknochen gepresst und wie ein vollgesogener Schwamm ausgequetscht wurde. Das darin vorhandene und dem Herzstillstand geschuldete stehende Blut wurde dadurch von der linken Herzkam-

mer über die Aortenklappe in die Hauptschlagader gepresst. Die anschließende vollständige Entlastung des Brustkorbes gab dem Herz die Möglichkeit, sich wieder mit Blut zu füllen, um mit der nächsten Kompression dieses erneut in den Kreislauf zu schicken. Die richtige Kompressionsfrequenz konnte so einen lebensrettenden Restkreislauf erzielen, der das Gehirn und das Herz mit dem nötigen Sauerstoff versorgte.

Werner hatte nicht bemerkt, dass das Flugzeug inzwischen auf der Landebahn zum Stillstand gekommen war, um das Zusteigen von medizinischem Personal vorzubereiten. Als *Doc on Board* hatte sich niemand gemeldet.

Die Stewardess kam mit einem Gerät zurück, das sie neben dem Arm des zu Rettenden abstellte.

»Öffnen Sie es und folgen Sie den Anweisungen. Halt, stopp, vorher reißen Sie das Hemd hier auf.« Das Sprechen fiel Werner angesichts der Anstrengung schwer.

»Ich kann doch nicht das Hemd zerstören!«

Die Frau ging ihm gewaltig auf die Nerven. Die im Umkreis des Geschehens sitzenden Passagiere waren froh, nicht in die Rettungsmaßnahmen involviert zu sein, und beobachteten mit besorgten Mienen den Ablauf. Zum Glück hatte Werner die zwei auf sie gerichteten Smartphones nicht bemerkt. Er wäre ausgezuckt und hätte die filmenden Personen alles Mögliche genannt.

»Alex, komm mal her«, bat er.

Schon war der Junge wieder zur Stelle. Ein mutiges und hilfsbereites Bürschchen.

»Mach ihm das Hemd auf, ich darf nicht aufhören zu pumpen. Wenn ich kurz auslasse, dann greifst du zu und reißt es auseinander. Bei drei!«

Er wartete nicht ab, ob der Junge zustimmte, denn er wusste, dass er es tun würde.

»Eins, zwei, drei! Jetzt!«

Alexandros griff schnell zu. Knöpfe flogen und der halbe Oberköper wurde frei.

»Nochmals das Gleiche am Bauch, dann haben wir ihn.«

Ein paar Massagedruckvorgänge später waren Bauch und Brust freigelegt. Bei einem Griechen hätte Werner eine sonnengebräunte Haut unter dem Hemd erwartet. Doch der schwabbelige Bauch vor ihm war im Gegensatz zum blau angelaufenen Oberkörper ziemlich weiß.

Pumpend befahl er der inzwischen genauso blass gewordenen Stewardess, den Defibrillator zu öffnen.

»Alex, geh wieder zurück. Das wird jetzt ein bisschen gefährlich.«

Schweiß tropfte von Werners Nase und sammelte sich auf der Haut unter seinen Händen. Die Flüssigkeit floss beim Entlasten des Brustkorbes als kleines Rinnsal über die Bauchseite ab.

Die Stewardess öffnete nun das Gerät, welches gleich zu sprechen begann und eine Anleitung gab, wie die Elektroden anzubringen waren. Gewissenhaft führte sie die Schritte aus.

Werner stoppte das Pumpen bei dem Befehl: »Achtung, Patient nicht berühren, Herzrhythmus wird ausgewertet.«

Er erhob sich und stellte sich schwer atmend neben den Griechen. Wenn er so hätte weitermachen müssen, wäre ihm auch bald die Luft ausgegangen.

»Schock wird vorbereitet. Achtung, jetzt darf niemand den Patienten berühren. Blinkende Taste drücken.«

Ein Piepsen unterstützte die Aufforderung.

Die junge Frau, die immer noch neben dem Gerät kniete, blickte Werner fragend an. Er nickte ihr zu, und sie drückte.

Ein heftiger Schlag traf Werner in den Unterleib und ließ ihn in die Knie gehen. Er war aus Platzgründen so unglücklich gestanden, dass die Hand des Griechen durch den Schock nach oben schnellte und seine empfindlichste Stelle zwischen den Beinen traf. Als wollte er sich für die durch die Herzdruckmassage verursachten Rippenbrüche rächen.

Durch diesen Stromschlag erfolgte im Reizleitungssystem des Herzens ein großer Reset, was wiederum eine geordnete elektrische Aktivität ermöglichte, die den Herzmuskel so gut erregte, dass dieser durch eigene Muskelkontraktionen wieder minimal Blut auswerfen konnte.
Gleichzeitig musste diese Herzaktivität durch die Kompression weiter unterstützt werden.

Bevor Werner sich fassen konnte und seine Kronjuwelen wieder losließ, um mit der Herzdruckmassage fortzufahren, wurde er von hinten abgeklatscht. Zwei Sanitäter übernahmen die Arbeit. Es dauerte nicht lange, und der zu rettende Grieche fing zu röcheln an und öffnete schließlich die Augen.

26.
SONNTAGVORMITTAG

Unterach am Attersee

Benno war verwundert, wie oft er dieses Wochenende die Sirene der Feuerwehr zu hören bekam. Auf der Internetseite des Landesfeuerwehrverbandes Oberösterreich war meist einige Minuten nach der Alarmierung zu lesen, warum und wo der Einsatz vor sich ging. Wären die Bretter vor seinen schmalen Fenstern zum See hinaus nicht mit allerlei Tand vollgestellt und die Scheiben geputzt gewesen, hätte er von seinem Arbeitsplatz aus zumindest den aufsteigenden Rauch sehen können. Er wollte sich aber vergewissern, welche der Hütten am See tatsächlich brannte. So schob er mit den Füßen wie gewohnt seinen Stuhl durch den zugemüllten Gang. Sich am Türrahmen festhaltend erhob er sich kurz, damit er die Räder über die Schwelle des Eingangs bewegen konnte, und rollte anschließend barrierefrei auf den Holzplanken, die ums Haus gelegt waren. Die Badeplattform zum See hinaus hatte seit über einem Jahr nur Ingeborg benutzt. Allein die Vorstellung, die Treppe ins Wasser hinunterzusteigen, nahm ihm den Atem und ließ die Angst in ihm hochsteigen, es nicht mehr allein zurückzuschaffen. Obwohl er früher eine Wasserratte gewesen war und gerne auch wieder eine sein würde. Doch in diesem gewichtsbetonten Zustand benutzte er nur das Innere des Seehäuschens an der Seeleiten-Straße, welche bereits zum Gebiet von Sankt Gilgen gehörte. Obwohl die meisten Atterseer dies wussten, wurde immer gesprochen, als ob die verbindende Straße von Unterach nach Weißenbach auf oberösterreichischem Hoheitsgebiet gelegen wäre.

Sein Vater, österreichischer Manager eines großen deutschen Reiseveranstalters, hatte vor Jahren ein hier erworbenes Holzhäuschen in ein bewohnbares Haus umbauen lassen. Durch ein ähnliches Anwesen gleich daneben war es möglich geworden, sich dem Kanalnetz anzuschließen. Seither gab es hier fließendes Wasser, Bad, Toilette und Strom, was Benno überzeugt hatte, hier einzuziehen.

Auf seinem Rollweg fuhr er über eine Menge von Enten- und Schwanenfedern, die durch den Geflügelkot wie festgeklebt schienen. Selbst die Metalltreppe war angeschissen, obwohl sie zum längeren Verweilen der Tiere zu kalt und ungemütlich war. Er hatte seit dem Frühsommer nicht mehr daran gedacht, wieder einmal einen Putztrupp für die Außenanlage herzubeordern.

Vorsichtig näherte er sich der Treppe, wo sich vor ihm ein beeindruckendes Panorama vom Unteracher Ufer bis hinüber nach Burgau und Weißenbach auftat.

Der dunkle Rauch war deutlich zu sehen. Um zu erkennen, ob wirklich das erste Bootshaus am Naturbadeplatz in Brand geraten war, musste er sich nach vorne beugen, was auch noch zu wenig war. Er musste nur ein paar Stufen vorsichtig hinuntersteigen, dann hätte er die Gewissheit.

Er hatte von einem unbekannten Internetuser den Auftrag bekommen, dieses umstrittene Gebäude im See zu beobachten und alle Gerüchte und Vorhaben, die es betrafen, weiterzumelden. Durch einen dubiosen Grundstückshandel, der vor ein paar Jahren Aufsehen erregt hatte und in den Medien breitgeschlagen worden war, waren die Besitzverhältnisse dieses alten Bootshauses, das zur Gänze auf Pfählen im Wasser stand, bis heute nicht geklärt und dadurch ein

Streitthema. Benno verfolgte alle Berichte und Nennungen in den Medien und im Netz. Immer wieder bat er die Kinder seiner linken Hausnachbarn, dem Besitzer einer Fahrschule aus Wels, mit ihren Drohnen das Ufer von Unterach zu filmen und ihm zu überspielen. Unter dem Vorwand, die Veränderungen, die im Laufe der Jahre vor sich gingen, in einem Zeitrafferfilm festzuhalten. In letzter Zeit hatte es hinsichtlich dieses Bootshauses keine bemerkenswerten Vorgänge gegeben. Bis heute.

Er rollte sich mit dem Stuhl zum Stahlgeländer, hielt sich ebenda fest und erhob sich. Als würde er auf einer dünnen Eisfläche stehen, bewegte er sich zwei Treppen hinab, sich mit beiden Händen an der Rundung des Handlaufes festhaltend. Er benötigte eine weitere Stufe, die jedoch unter dem Seespiegel lag. Egal, er schlüpfte mit bloßen Füßen aus den hinten offenen Schuhen. Wieder in Zeitlupe. Biss die Zähne zusammen, um nicht von der Kälte des Wassers überrascht zu werden. Der Schock blieb aus, es war nicht so schlimm wie erwartet. Jetzt konnte sein Blick an den überhängenden Bäumen und Sträuchern vorbeischweifen, bis hin zur in Vollbrand stehenden Hütte. Und ja, es war das besagte Gebäude.

Er musste sofort dem Unbekannten eine Mail senden, der ihm eindringlich verboten hatte, ihn auszuforschen, was für Benno ja möglich gewesen wäre. So langsam er hinabgestiegen war, so sachte hob er den Fuß aus dem Wasser und stellte ihn auf die erste trockene Stufe. Der zweite folgte, wollte aber sofort in den Schuh schlüpfen und brachte Benno dadurch aus dem Gleichgewicht. Sein Oberkörper drehte sich zum See, eine Hand hielt sich noch am Geländer fest, während die andere in der Luft herumfuchtelte, um ihn irgendwie zurück ins Lot zu bringen. Er versuchte, sich wieder der Treppe zuzuwenden, doch die Schwerkraft verhinderte diese körperlichen Kapriolen. Die feuchten Füße rutschten über die Stufen nach hinten. Seine Arme konnten ihn nicht mehr auffangen. Zuerst plumpsten die Knie auf das Metall. Sein Fettwanst verhinderte, sich zu fangen oder festzuhalten zu können, er schlitterte nach unten ins Wasser. Das Gesicht auf einer Stiegenkante aufprallend.

Das zweite Mal innerhalb kürzerster Distanz und Zeit, dass jemand beim aus dem Wasser Steigen zu Sturz kam.

27.
SONNTAG, SPÄTER VORMITTAG

Unterach am Attersee

Der Brand war bald gelöscht, vom hölzernen Gebäude blieb nicht viel übrig, lediglich ein paar verkohlte Balken, Bretter und Pfähle, die aus dem See ragten, welche die Bootshütte getragen hatten. Der diese auf der Landseite umgebende, ansonsten um diese Jahreszeit von Laub bedeckte grüne Naturrasen war von den Löscharbeiten niedergetreten und teilweise in Matsch verwandelt worden. Teile der zerplatzten und zerbrochenen Dachziegel lagen darauf herum oder schaukelten in den sanften Wellen im Uferbereich hin und her, bevor sie endgültig absanken. Das sonst so saubere Wasser war am Naturbadeplatz zu einer dunklen Brühe geworden.

Petra beobachtete, wie ihre Freundin das Feuerwehrboot um die abgebrannte Hütte herummanövrierte, zwischen den umherschwimmenden Holzstücken und anderen Materialien hindurch, die nicht ins Wasser gehörten und die ihre Kollegen mit Hakenstangen über die herabgelassene Bugklappe an Bord zogen. An Land wurden Schläuche aufgerollt sowie Brandspuren mit Schaufeln und anderem Werkzeug beseitigt und auf einem Haufen aufgetürmt.

Sie wusste, dass einige der Einsatzkräfte der Feuerwehren für die Brandwache eingeteilt wurden, um für die nächsten paar Stunden den Brandort zu beaufsichtigen.

Die Kommandanten der drei Feuerwehren berieten sich mit einem Polizisten, von denen zwei inzwischen auch aus Mondsee zur Verstärkung angekommen waren. Sie zeigten in großem Umkreis herum, was Petra als Aufforderung zur Absperrung deutete.

Plötzlich tippte ihr wieder jemand auf die Schulter. Es war Jürgen, der junge Polizist, den sie schon länger kannte.

»Tschuldigung, Petra. Kannst du bitte mitkommen? Wir hätten ein paar Fragen, da du den Brand gemeldet hast. Stimmt doch, oder?« Er wirkte etwas verlegen, was Petra im Gegensatz zu ihrem Freund aber nicht wahrnahm.

»Ja, gerne. Wo soll ich hinkommen? Und wann?«

Jürgen zeigte Richtung Zentrum, wobei ihm klar war, dass hier fast jeder wusste, wo die Polizei untergebracht war. Im Gebäude des Gemeindeamtes. »Zu uns. Du kannst gleich mit mir mitkommen. Ich mach uns einen Kaffee.«

Ohne auf ihre Zustimmung zu warten, machte er sich daran loszugehen.

»Äh … darf Clemens mit?«

Kurz irritiert, fast hilfesuchend blickte Jürgen zu seiner Kollegin, die gerade mit einem Feuerwehrmann sprach. Sie schienen ihn nicht zu bemerken. »Ja, sicher, kommt beide mit.«

Am Parkplatz des Strandbades standen einige Fahrräder, darunter auch Petras Mountainbike. Sie holte einen kleinen Schlüssel aus ihrer eng anliegenden Sporthose.

»Ist das deines?« Der junge Polizist überlegte kurz und fügte an: »Gut, nimm es mit. Du kannst es gerne bei uns in der Garage einstellen, bis wir fertig sind.«

Petra entsperrte ihr Bike und führte es neben den beiden jungen Männern mit.

»Hast du auch ein Fahrrad dabei?« Die Frage war an Clemens gerichtet.

»Ja, aber meins steht hinten beim Tennisplatz. Petra war vorher schon da. Ist aber kein Problem, es ist ebenfalls abgesperrt.«

Clemens kam das Verhalten des Polizisten seltsam vor. Man kannte sich hier im Ort, vor allem durch die Mitgliedschaft der aktiven Vereine. Etwas stimmte hier nicht.

Am Bootshaus der Wasserrettung vorbeikommend, wollte er etwas testen. »Jürgen, geh du schon mal vor, wir kommen gleich nach. Wir holen uns im Landcafé Tortenstücke zum Kaffee. Welche möchtest du?«

Petra sah ihren Freund überrascht an, er wusste, dass sie nur ganz selten Kuchen oder gar Torte aß.

»Keine, danke. Ich bin am Trainieren für einen Marathon, da esse ich keine Süßigkeiten.« Sie waren nun beim Tor der Garage angekommen, welches Jürgen sofort öffnete. »Außerdem haben wir keine Zeit dafür, wir sollten lieber gleich raufgehen.«

Das Büro der Polizei befand sich im ersten Stock, wohin eine breite, mit Steinstufen versehene Wendeltreppe führte. Diese war von der Rückseite des Gebäudes aus durch eine Glasfront gut zu erkennen. Petra stellte ihr Bike in die wie eine Halle wirkende Garage und schickte ihrem Liebsten eine stumme Frage, die er mit einer kaum wahrnehmbaren Geste abwehrte.

»Jürgen, sollten wir etwas wissen? Ist alles in Ordnung?«

»Ich habe nur den Auftrag, Petra so schnell wie möglich für die Befragung hierherzuholen. Immerhin ist es schon der dritte Brand innerhalb von zwei Tagen.« Er hielt die schwere Eingangstür auf und führte die beiden zum Büro hinauf. »Petra, vielleicht hast du etwas gesehen, was zur Aufklärung führen könnte. Du als Feuerwehrfrau hast sicherlich einen besseren Blick für Details als jene, die keine spezielle Ausbildung haben.«

26.
SONNTAGMITTAG

Unterach am Attersee

Benno war mit aufgeplatzter Lippe und einer blutenden Wunde an der Stirn aus dem Wasser und über die Metallstiege gerobbt. Hatte sich mühsam in den Stuhl gequält und sich mit Schmerzenslauten zurück in seine Welt geschoben.

Er hätte es wissen müssen, für Ausflüge in die Anderswelt, wie er für sich alles nannte, was sich außerhalb seiner eigenen vier Wände befand, war er nicht mehr geschaffen. Es konnte nur schiefgehen. Bei jedem Verlassen seiner Räume befiel ihn eine heimliche Angst. Angst vor körperlichem Straucheln, vor der bevorstehenden Häme oder den Mitleidsblicken, wenn ihn jemand sah, Angst vor den Situationen, in denen er von Fremden Hilfe angeboten bekam und auch oftmals annehmen musste.

Mit einem nicht ganz sauberen Tuch, das am Waschbecken lag, wischte er sich das Blut von der Stirn. Bevor er sich weiter um sich selbst kümmerte, rollte er zum Computer, um eine Mail zu verschicken, in der er seinen Auftraggeber kurz über den Brand der Bootshütte informierte. Auf seinem zweiten Bildschirm war immer noch der Name Werner Adler zu lesen. Die Datei mit den wenigen Ergebnissen einer Suche, die er weiter bearbeiten und abschicken sollte. Er setzte zumindest eine kurze SMS-Nachricht ab.

Die Kälte hatte es inzwischen geschafft, sich unter die Fettschichten durchzuarbeiten, und ihn zum Erzittern gebracht. Das Pochen auf der Stirn und das Brennen auf der Lippe forderten ihn ebenfalls auf, sich endlich um seinen Körper zu kümmern. Er schob sich ins Bad und entdeckte erst jetzt, dass er ohne Schuhe zurück ins Haus gekommen war. Beinahe atemlos, öfters durch kurze Pausen unterbrochen, quälte er sich aus seiner nassen Kleidung. Das Anstrengendste waren immer die riesige Trainingshose und die darunter getragenen Boxershorts. Bis er diese über die Beine gezogen und abgeschüttelt hatte, verging einige Zeit, und es bedeutete schweißtreibende Arbeit. In der Dusche – wie so vieles hier barrierefrei – befand sich ein Hocker, auf dem er sich sitzend einseifen und heiß abduschen konnte. An der Duschstange hatte er sich einen Rasierspiegel montiert, in dem er sich betrachten konnte, ohne aufzustehen. Die Wunde an der Stirn hatte nicht lange geblutet, doch die Wundränder, die er jetzt in diesem kleinen Spiegel inspizierte, ließen ihn vermuten, dass sie medizinisch versorgt werden sollten. Ebenso die Unterlippe, die in Farbe und Größe Ähnlichkeit mit der eines berühmten Modeschöpfers aus Bayern aufwies. Nur hatte seine aufgeschwollene Lippe außer Kraft und Ungeschicklichkeit nichts gekostet. Der Vergleich ließ ihn trotz der Schmerzen schmunzeln. Er versuchte sich immer wieder in Selbstironie, was ihm selten gelang, da Aussichtslosigkeit und Verbitterung meist stärker waren.

Die Aufschürfungen an Knien und Armen außer Acht lassend, versuchte er zuerst, mit dem Handtuch den nassen Bürostuhl zu trocknen, der dabei ein Stück von ihm wegrollte.

»Scheiße verdammte. Verdammt, verdammt, verdammt!«

Er ruckelte mit dem dabei gefährlich vibrierenden Hocker aus der offenen Dusche, die nur durch eine schmale Glasfront vom Rest des Bades abgetrennt war. Endlich konnte er sich in seinen Stuhl niederlassen. Erschöpft rollte er zu seinem Bett, auf dem seine zwei Smartphones lagen, von denen eines hauptsächlich als Fernbedienung seiner Haustechnik fungierte. Bevor er medizinische Hilfe anforderte, wollte er sich ausruhen, hievte sich aufs Bett, das seit Wochen nicht mehr neu bezogen worden war – Ingeborg würde das am Montag für ihn übernehmen. Er war ihr sehr dankbar, und sie war außer einem Arzt der einzige Mensch, der ihn auch nackt sehen durfte.

Er betätigte auf dem Display eines seiner Smartphones ein paar Knöpfe und hörte ein altes Album von Genesis. Dann schaukelte er sich auf der tief eingedrückten Matratze in die richtige Lage und schlief bei dem Song »Dreaming while you sleep« ein.

27.
SONNTAGNACHMITTAG

Weyregg am Attersee

»Vorsicht«, rief Jakob, doch es war bereits zu spät.

Gerda war in vollem Tempo auf Alex zugelaufen und an ihm hochgesprungen. Aufgestellt war der Hund nur unwesentlich kleiner als der Junge. Helena hatte ihren Sohn von hinten gestützt, damit die beiden durch die Wucht nicht zu Boden fielen.

Gerdas Zunge macht sich über Alex' Gesicht her. Er lachte, versuchte, der schlabbrigen Waschung zu entkommen, und zwang den Hund nach unten. Wobei dieser ihm nun schwanzwedelnd mit großer Freude die Hände ableckte.

»Da freut sich jemand riesig.« Jakob hob die Arme, um Helena begrüßend zu umarmen. Er wirkte sehr fröhlich und hob sie sogar für einen Augenblick hoch. Alex, der immer noch mit Gerdas Freudentaumel beschäftigt war, klopfte er freundschaftlich auf die Schulter.

Werner, der soeben die Koffer aus dem Ford Fiesta geräumt hatte, kam mit seinem Rollkoffer im Schlepptau auf seinen Vater zu, nahm ihn kurz in den Arm und fragte: »Papa, kannst du bitte Helena, Alex und Gerda heimfahren? Ich muss mich beeilen, die Kollegen warten schon in Unterach, dass ich jemanden ablöse. Und ich werde die große Runde fahren müssen, wegen der Absperrung.«

Jakob nickte und sah auf seine Armbanduhr. »Wenn du

schnell bist, schaffst du es über Steinbach. Das Zeitfenster gilt noch 20 Minuten, dann ist wieder gesperrt.«

»Super, danke. Das ist zu schaffen. Helena, geht sich leider nicht mehr aus, euch zu Hause abzusetzen.«

Die Wohnung seiner Freundin lag in Alexenau, zwischen Weyregg und Steinbach, die Absperrung war gleich dahinter eingerichtet, wo oberhalb der Straße die hügeligen Wälder und das Höllengebirge thronten. Doch der Zeitrahmen, sie zu ihrer Wohnung zu bringen, wäre tatsächlich zu knapp.

»Alex, bist du so lieb und gehst mit Gerda eine Runde? Ich war heute Morgen nur ganz kurz zum Hund Ausleeren am Feld. Ich trinke mit deiner Mutter einen Kaffee und anschließend bringe ich euch nach Hause.«

Jakob holte aus dem Flur die Leine, klinkte sie am Halsband des Hundes ein und überreichte sie dem 11-Jährigen mitsamt einem Gackisacki. Dieser Ausdruck gehörte zu Alex' liebsten hiesigen Mundartwörtern, obwohl es ein erfundenes war. Er führte ein Ösi-Vokabelheft, seit er mit seiner Mutter nach Österreich gezogen war. Auch wenn er die Aussprache noch nicht so hinbekam, wie er wollte, merkte er sich viele Ausdrücke und benutzte sie vorwiegend zum Spaß zu Hause. Im Gymnasium in Vöcklabruck, in das er diesen Herbst gewechselt hatte, brauchte er dies gar nicht erst zu versuchen, ohne damit für Piefke-Spott zu sorgen. Ein paar Kinder dort waren ziemlich bösartig und hatten vermutlich vor, die Mobbing-Könige der Schule zu werden. Was er in den ersten Wochen des Schulanfangs oftmals mit heimlichen Tränen auf dem Schulklo verdaut hatte.

Jakob klopfte ihm erneut auf die Schulter. »Kommt bald wieder zurück, für heute Nachmittag ist Regen angesagt.«

Während sich Alex mit Gerda in Richtung Strandbad auf den Weg machte, kam Werner mit gepackter Sporttasche aus dem Haus. Er küsste Helena zum Abschied. »Ich ruf dich an. Bis später.«

Er war schon im Begriff, sich seinem Wagen zu nähern, da hielt ihn seine Freundin zurück. »Schläfst du tatsächlich bei … bei …« Obwohl sie den Namen wusste, sprach sie ihn nicht aus.

»Ja, meine Liebe. Ich habe zweimal hintereinander Nachtdienst, da komme ich am Morgen ins Zimmer, schlafe mich aus und gehe direkt wieder zurück in den Dienst. Ingeborg ist eine Freundin. Da ist und war nichts. Frag meinen Vater, wenn du mir nicht glaubst. Ich dachte, das Thema hätten wir abgehakt?«

Eine kleine Notlüge war dabei, in Jugendjahren hatte er mit Ingeborg den Einstieg ins Sexualleben vollzogen. Genau daraus resultierte die spätere tiefe Freundschaft, die nun ganz ohne Sex auskam. Beide genossen und pflegten diese ungewöhnliche Beziehung, über die sich viele Menschen am See den Mund zerrissen hatten. Aber das wollte er Helena nicht auch noch auf die Nase binden bei ihrer enormen Eifersucht.

»Du, ich muss jetzt wirklich los. Wir telefonieren!« Er küsste sie ein weiteres Mal und gab ihr gar nicht mehr die Möglichkeit zu antworten, sondern sprang sofort in den Wagen und fuhr los.

Alex war inzwischen mit dem Hund am Gemeindeamt in Weyregg angelangt, wo sich das örtliche Römermuseum befand. Er mochte Jakob, war ihm sehr dankbar, dass er die Verkürzung seines Vornamens sofort praktiziert hatte, ohne lange nachzufragen. Er stand mit dem Golden Retriever an der Straße, um sie zu überqueren und zum See zu gelangen. Ein Bus nahm ihm linkerhand die Sicht auf den Verkehr. Rechts hupte jemand, was ihn erschrocken herumfahren ließ. Es war Werner, der ihm durch die Windschutzscheibe zuwinkte und sicherlich schneller, als im Ortsgebiet erlaubt, an ihm vorbeibrauste. Der Junge bemerkte, dass er durch das Hupen die Leine zu locker gelassen hatte. Ein Blick nach links bestätigte ihm den Verdacht. Er sah gerade noch das Hinterteil von Gerda, das durch die hintere Tür des Busses verschwand. Bevor er noch die Hand zum Einhalt heben konnte, war das Fahrzeug mit dem Tier schon abgefahren. Nach Schörfling zum Bahnhof. Das war Teil seines frühmorgendlichen Schulweges. Zuerst mit dem Bus nördlich den See hinauf und ab Kammer-Schörfling mit dem Zug weiter nach Vöcklabruck. Alex hoffte, dass Gerda nicht an einer der Haltestellen aus- oder gar umsteigen würde. Er lief zurück, um den Erwachsenen zu beichten, dass er zu wenig Acht gegeben hatte. Er musste Jakob bitten, den Bus mit dem Auto ein- und den Hund herauszuholen. Einerseits ärgerte ihn das, andererseits fand er es cool von Gerda, einfach so abzuhauen. Denn das würde er manchmal auch gerne tun, doch fehlte ihm dazu der Mut. Und er hatte große Angst vor den Auswirkungen und der Bestrafung, die sicher darauf folgen würde.

28.
SONNTAG, FRÜHER NACHMITTAG

Unterach am Attersee

»Petra, wir müssen dich das fragen! Findest du es nicht verdächtig, dass du bei allen Bränden immer die Erste vor Ort warst?«

Jürgen, der diensthabende Revierinspektor, musste sich zurückhalten, die Siebzehnjährige nicht tröstend zu berühren. Sie war in Tränen aufgelöst, neben ihr saß ihr Freund Clemens, der 19 Jahre alt war und somit als ihre erwachsene Begleitperson fungierte. Die Anwesenheit eines Elternteiles hatte die Jugendliche vorerst abgelehnt.

Es war bis jetzt kein Verhör, sondern ein Gespräch, bei dem auch der Kommandant der Feuerwehr Buchenort anwesend war, der Petra angehörte. Ranghöhere Beamte waren unterwegs, die Zeit bis dorthin galt es zu überbrücken.

»Luki, du kennst mich doch. Denkst du, dass ich einfach so zum Spaß Feuer legen würde?«

Petra schniefte, wischte sich mit dem Arm über die verweinten Augen und nahm einen Schluck aus dem Wasserglas vor ihr.

Berndorfer, in Montur und noch vom Kampf gegen das Feuer am Naturbadestrand gezeichnet, blickte sie ernst an.

»Ich weiß nicht, was ich denken soll. Fakt ist, dass du gestern vor mir am Feuerwehrdepot eingetroffen bist. Dann warst du die Erste beim brennenden Boot am Klimtsteg, und heute hast du sogar das Feuer da vorne entdeckt und die Alarmierung ausgelöst. Klingt das für dich nicht nach zu vielen Zufällen?«

Clemens versuchte, sich einzubringen, aber der Polizist hielt ihn mit einem Handzeichen zurück. Es herrschte Stille, in der nur das unrhythmische Atmen der jungen Feuerwehrfrau zu hören war.

Jürgen fügte an: »Petra, wir wissen, wie begeistert du in Belangen der Feuerwehr bist, dass du dich auch technisch super auskennst. Kann es sein, dass in dir ebenso ein Feuer brennt, wenn du in der realen Welt eines siehst?«

Sie sah ihn entgeistert an, Clemens schüttelte missbilligend den Kopf.

Ihr Kommandant ergriff nochmals das Wort: »Du wärst nicht der erste Feuerteufel. Vor Jahren, du warst wahrscheinlich noch im Kindergarten, haben wir bei der Feuerwehr hier ein jugendliches Mitglied gehabt, das aus Begeisterung an der Sache Brände gelegt hat. Das gibt es einfach, und wenn es jemanden betrifft, dann sollte sich dieser oder diese besser helfen lassen. Keiner von uns wollte, dass es zu einem Unglück kommt wie gestern Nachmittag.«

Jürgens Diensthandy piepste. Er las die Mitteilung und gab sie anschließend an die Anwesenden weiter.

»Der Bezirksbrandermittler ist soeben eingetroffen. Er nimmt die Brandstelle in Augenschein und kommt dann hierher. Petra, er möchte dich auch befragen. Sollen wir jetzt deine Mutter oder deinen Vater anrufen?«

»Mein Gott ich habe es nicht getan! Wie oft muss ich das noch sagen? ICH … WAR … ES … NICHT! Geht das nicht in eure Köpfe?«

Clemens legte ihr eine Hand auf den Rücken, um sie mit seiner körperlichen Nähe zu beruhigen und zu trösten. Sie schob sie jedoch weg, sah ihn dann trotzdem an und stieß verzweifelt aus: »Wenigstens du glaubst mir. Oder?«

Seine Miene verriet die Zweifel, die ihn so wie die anderen im Raum plagten und die er nicht aussprechen konnte.

Erneut füllten sich ihre Augen mit Tränen, resignierend schüttelte sie den Kopf, versuchte, ihn trotz des Wasserschleiers vorwurfsvoll anzublicken. Nochmals suchte seine Hand die Nähe der Freundin, was sie abermals durch eine zornige Geste abwehrte.

Ihr Kopf sank auf ihre Hände, die übereinandergelegt als weiche Ablage auf der Tischfläche dienten.

»Jürgen. Ja, ruf bitte meine Eltern an. Hier in diesem Raum gibt es niemanden, der zu mir hält.«

Sie hatte es mehr zur Tischplatte gesagt, doch der Polizist hatte ihre Bitte verstanden und las die notierten Zahlen auf einem Blatt Papier ab, um sie in sein Telefon einzutippen.

29.
SONNTAG, FRÜHER NACHMITTAG

Stockwinkel

Werner vernahm das belustigte Schwatzen zweier Frauen. Ingeborgs und eine ihm unbekannte Stimme drangen aus dem Frühstücksraum im Parterre, dessen Tür offen stand. Sie dürften ihn noch nicht gehört haben, deshalb schlich er sich an, spähte durch den Eingang und sah die beiden vor einem Putzkübel, dem ihre Aufmerksamkeit galt. Ingeborg entsprach normalerweise nicht den weiblichen Klischees, doch das hier sah genau nach dem Gegenteil aus.

Da er bereits in der Uniform steckte, erlaubte er sich einen Spaß. Lautlos stellte er sich in den Türrahmen und sprach mit tiefer Stimme: »Erwischt! Ist hier eine Amtshandlung vonnöten?«

Beide Frauen schrien erschrocken auf und drehten sich zu ihm. Bevor Werner etwas sagen konnte, traf ihn ein feuchtes Tuch im Gesicht, das eindeutig nach Putzmitteln roch.

»Du bist so ein Depp, Werner!« Ingeborg lachte und stellte die beiden einander vor.

»Das ist Beatrice, sie wohnt schon seit fast einer Woche hier. Sie ist Vertreterin für Reinigungsprodukte und fährt von hier aus zu ihren Terminen im Salzkammergut.«

Werner, übertrieben höflich, nahm seine Mütze vom Kopf, verneigte sich andeutungsweise und griff nach ihrer ausgestreckten Hand. »Freut mich, Madame. Machen Sie auch Hausbesuche? Ich könnte Sie drüben in Weyregg gut gebrauchen. Nur Vorsicht vor meinem Vater, den müsste ich vorher an die Leine nehmen.«

Beatrice ging auf den Scherz ein und spielte ihrerseits ein derbes Münchner Mädel: »Ja mei. Is alles eine Sache der Kohle. Wos konnst du denn blechn?«

Die Hausherrin unterbrach die zwei und zeigte zu einem der Tische, auf dem Kaffeegeschirr auf einem alten, mit Stickereien versehenen Tischtuch bereitstand. »Da haben sich zwei Kasperln getroffen. Werner, trinkst einen Kaffee mit uns?«

Der Angesprochene schüttelte den Kopf. »Nein, Ingeborg, ich muss los. Die warten schon auf die Ablöse. Brauche ich den Zimmerschlüssel, oder bist du morgen früh da?«

Sie griff in ihre bunte Schürze, die sie selbst aus alten Kleiderresten geschneidert hatte und die dem Aussehen nach aus dem Stoff eines Faschingskostüms zu stammen schien. »Nimm ihn zur Sicherheit mit. Zimmernummer 11, gleich oben links. Mit Seeblick, ist ums Doppelte teurer.«

Er nahm den Schlüssel dankend entgegen.

»Lass die Tasche ruhig stehen, ich trag sie dir später rauf. Kannst schon losfahren, Herr Gruppeninspektor.«

»Danke, du bist ein Schatz!« Er drehte sich um und stellte die Sporttasche unter die Garderobe im Flur, hängte seine private abgenutzte Jacke, von der er sich nicht trennen wollte, neben eine dunkle Fleece-Jacke mit orangenfarbenen Ärmeln auf, die Ingeborg gehörte und gegen seine wie neu gekauft wirkte.

Vielleicht sollte er sich doch etwas Neues für die kommende kalte Jahreszeit besorgen. Er hasste das Einkaufen, und selbst mit Helena als Entscheidungshilfe war es für ihn mehr als anstrengend.

»Ich komme morgen so gegen 8 Uhr«, rief er durch den Flur.

»Ja, Werner. Viel Spaß und hoffentlich hast du es ruhiger. Deine Kollegen hatten dieses Wochenende echt Stress.«

Sie beugte sich durch den Türrahmen und zwinkerte ihm fröhlich zu.

»Ich weiß, das Kastanienfest geht immer bis weit nach Mitternacht.«

»Nein, das sind sie ja gewöhnt, aber drei Brände an zwei Tagen sind nicht normal. Lass dir das von deinen Kollegen erzählen, denn die wissen bestimmt mehr als wir.«

30.
SONNTAG, FRÜHER NACHMITTAG

Kammer-Schörfling am Attersee

Sie hatten kurz vor dem Ortsteil Kammerl und vor dem Erreichen des Bahnhofs den Bus überholt und konnten ihn nun am Bahnsteig, der auf einer Seite für den Zug und auf der anderen für den Busverkehr vorgesehen war, erwarten.

Es saßen nur wenige Passagiere in dem Fahrzeug. Und als ob es die selbstverständlichste Sache der Welt wäre, stieg Gerda mit allen Passagieren aus, sah sich um und erkannte seine Menschen. Überrascht und freudig trottete er auf Alex zu, der sich neben ihm hinkniete und sogleich die nachziehende Leine um sein Armgelenk band. Helena war im Haus in Weyregg zurückgeblieben.

Jakob trat auf den Vordereingang zu und sprach die Buschauffeurin an. »Verzeihen Sie. Der Hund ist entwischt und in Ihren Bus gesprungen. Ich hoffe, er hat nichts angerichtet. Ist etwas zu bezahlen?«

Die Chauffeurin lächelte und nickte Alex zu, der neben Jakob trat, den Golden Retriever fest im Griff.

»Ach, Gerda kenne ich doch schon eine geraume Zeit. Er fährt öfter mit uns mit. Hat noch nie was angestellt. Meistens läuft er eine Runde unter der Unterführung durch zur Promenade und nimmt einen späteren Bus zurück. Wir müssen ihm nur manchmal einen Buswechsel vorschlagen, da er ja nicht wirklich weiß, wo wir hinfahren.«

Sie erhob sich belustigt von ihrem Stuhl, trat hinaus und tätschelte dem Hund den Kopf.

Ein freundliches Bellen bestätigte den Menschen, dass das Tier merkte, über wen hier geredet wurde.

»Stimmt es, dass sein Frauchen gestorben ist? Sie sind beide oft mit uns nach Schörfling und wieder retour gefahren. Sind Sie etwa die neuen Besitzer?«

Mit schräg gehaltenem Kopf und heraushängender Zunge erwartete auch Gerda die Antwort.

Alex kam Jakob zuvor, der noch überlegte, was er sagen sollte. »Ja, Gerda gehört jetzt zu uns. Zu mir und meiner Mutter. Jakob hier ist so etwas wie unser Großvater. Er passt auf Gerda auf, wenn wir nicht da sind.«

»Cool! So, jetzt muss ich wieder arbeiten. Ich denke, wir brauchen nicht mehr auf den Hund zu warten. Oder möchtest du mit uns zurückfahren?«

Die Frage, die an den Golden Retriever gerichtet war, beantwortete stattdessen Jakob: »Nein danke, dieses Mal fährt er mit uns nach Weyregg. Soll ich Ihnen meine Telefonnummer geben, wenn es mal Probleme mit ihm gibt?«

Und schon hatte er ihr eine seiner Visitenkarten überreicht, die er selbst gestaltet hatte. Alex fand, dass sie mit dem Jägerhorn darauf ziemlich kitschig aussah. Aber das hatte er Jakob gegenüber verschwiegen.

Auf der Rückfahrt quetschte der Alte den Jungen aus, da er möglichst viel über den Trip nach Griechenland erfahren wollte. Alex erzählte vom fehlgeleiteten Schuss auf der Tauffeier, doch über den späteren Streit der Erwachsenen berichtete er nichts.

»Du, Alex … das … das mit … dass ich irgendwie dein Opa bin …« Er tat sich etwas schwer, zur Sache zu kommen. »Hast du das nur so hingesagt, oder meintest du das ernst?«

Alex blickte ihn an, doch Jakobs Gesicht war dem Straßenverkehr zugewandt. »Ja. Ich kenne meine wirklichen Großeltern nicht. *Mamà* klärt mich darüber nicht auf, also such ich mir die Verwandten, die ich möchte, eben selbst aus. Und ich hätte gerne einen Ersatzopa.«

Auf Jakobs Gesicht erschien ein breites Lächeln, das ein Breitmaulfrosch nicht hätte übertreffen können. Er sah ihn kurz an, klopfte zur Bestätigung auf Alex' Oberschenkel und meinte: »Ja, Alex. Da mir bisher keine Enkel beschert wurden, würde es mich echt freuen, dich als meinen Ersatzenkel zu betrachten. Und da heißt es immer, Verwandte könne man sich nicht aussuchen. Da muss erst ein zehnjähriger Junge kommen und ...«

»Ich bin jetzt elf Jahre alt!«

»Verzeih! Da muss ein Elfjähriger kommen und uns eines Besseren belehren. Also, mein Enkel, schlag ein.« Er hielt ihm die offene Handfläche hin.

Beide grinsten wie Kleinkinder am Schaukelpferd, und Gerda fiepste zufrieden mit.

Alex' Wahlverwandtschaft war in den letzten Tagen sprunghaft angestiegen. Den Beginn hatte er im August gemacht. Eine knapp 20-jährige Freundin von Werners Tante namens Natascha war in Bad Ischl zu seiner Cousine geworden, und sie hatten vor 14 Tagen gemeinsam einer Sonderführung durch das Kaiserschloss in Ischl beigewohnt. Natascha hatte ihn mit ihrem Interesse zur Geschichte des Hauses Habsburg, vorwiegend Elisabeths, angesteckt. Und zum zweiten Male war es auf Korfu nicht möglich gewesen, das dortige Domizil der Kaiserin zu besuchen.

31.
SONNTAGNACHMITTAG

Unterach am Attersee und Umgebung

Während der nicht mal 15-minütigen Fahrt von Stockwinkel nach Unterach hatte es zu regnen begonnen. Dieses Mal hatte Werner sich an die Geschwindigkeitsbegrenzung gehalten, obwohl er wusste, dass niemand von der zuständigen Polizei für Fahrzeugkontrollen unterwegs war. Andere, heißere Fälle standen zur Aufarbeitung an.

Beim Betreten des Hauses, Werner ging vorne am Haupteingang rein, kam ihm eine junge Frau mit verweintem Gesicht samt Begleitung entgegen. Er grüßte kurz, doch nur der große junge Mann erwiderte die Höflichkeit.

Oben angekommen wurde er von Jürgen fast umarmt. »Da ist er ja! Werner, mein Retter. Ich habe ihn extra aus Griechenland einfliegen lassen. Na, was sagt ihr? Ich bin der einzige Polizist weit und breit, der von einem YouTube-Star abgelöst wird.« Er knallte ihm den Zeitungsbericht vom Samstag auf den Tisch.

Werner hatte sich damit noch nicht beschäftigt, auch nicht mit den vielen SMS, die während seiner Abwesenheit eingegangen waren. Es gab doch einige, die seine private Telefonnummer herausgefunden hatten, und er verdächtigte in einem gewissen Maße seinen Vater, der es mit der Verschwiegenheitspflicht nicht so genau nahm.

Mandlbauer, der Bezirksbrandermittler, und Polizistin Voglreiter hießen ihn lächelnd ebenfalls willkommen.

Der Beamte aus Vöcklabruck führte das Gespräch, in das Werner geplatzt war, zu Ende: »Also, Leute, ich habe noch bis morgen früh Bereitschaft. Hoffen wir, dass euer Feuerteufel nun genug hat. Die Kollegen der Kriminalabteilung kommen morgen aus Linz. Ist zum Glück nur Sachbeschädigung gewesen, abgesehen von leichten Verletzungen der Feuerwehr. Denn der bedauerliche Todesfall am Boot ist vorerst als Unfall zu bewerten und muss noch genauer untersucht werden.«

Er verabschiedete sich und verließ das Gebäude über die breiten Steinstufen.

Jacky, langjährige Sicherheitsbeamtin hier in Unterach, und ihr jüngerer Kollege Jürgen wurden das »Jojo-Team« genannt, wenn sie miteinander den Dienst versahen. Jackys eigentlicher Vorname Jacqueline war einer damaligen Modewelle zu verdanken, die ihrer Meinung nach ebenso an zu vielen Kevins auf der Welt schuld war. Sie hasste ihren Namen und überlegte, ihn amtlich auf Jacky umschreiben zu lassen. Sie hatte vor, bei Gelegenheit mit Werner Adler über das Prozedere zu sprechen, der ja Erfahrung mit Namensänderungen hatte.

Sie klärte ihren neu angekommenen Kollegen über die Sachverhalte der Brände des Wochenendes auf, während Jürgen seine Waffe versperrte und alles Nötige für das heutige Dienstende erledigte.

»Und das Mädchen? Diese … Petra?«

»Sie wird sich zur Verfügung halten. Die Eltern haben ihr frische Kleidung bringen müssen, die getragene haben wir hier, für weitere Untersuchungen zwecks Brandlegungsspuren. Wird morgen der Kriminalpolizei übergeben. Sie tut mir echt leid. Auch wenn sie verdächtig ist, ich würde ihr gerne glauben. Nur die Realität beweist oft was ganz anderes. Wir können zum Naturbadeplatz gehen, wo noch

Brandwache gehalten wird. Damit du dir einen Überblick verschaffen kannst.«

Werner wusste zwar nicht, warum er sich eine niedergebrannte Bootshütte ansehen sollte, aber zumindest würde ihr Auftauchen bei den Feuerwehrleuten eine wertschätzende Amtshandlung bekunden. Der leichte Regen bedeutete für die Wache sicherlich einen früheren Abzug.

»Hast du den verstorbenen Feuerwehrmann gekannt?«

Sie marschierten am Gelände des Strandbades vorbei, das auch außerhalb der Badesaison immer zugänglich war und ein kulinarisch hoch bewertetes Restaurant beherbergte.

»Nein, nicht wirklich. Er hat, soviel ich weiß, bei einem unserer Pharmakonzerne gearbeitet. Armer Kerl, er war erst 23 Jahre alt. Wollte im kommenden Frühjahr heiraten. War sehr engagiert bei der Feuerwehr und bei der Theatergruppe. Im November hätte er wieder bei der aktuellen Aufführung mitgespielt.«

Wie an einem herrlichen Sommertag, der stets viele Spazierende und Badegäste an die Promenade lockte, herrschte heute ein reges Kommen und Gehen. Als hätte jedes Oberhaupt der ansässigen Familien seine Schar unter dem Motto »Gemma Feuer schauen« zusammengerufen.

»Ah, die Frau Polizeiminister. Habt jetzt viel zu tun, nicht wahr?«

Ein alter Mann mit mindestens gleichaltrig wirkendem Hund an der Leine begrüßte sie. Werner hatte kurz überlegt, wer von den beiden grauer und tattriger war: Hund oder Herrchen.

Der Alte grinste verschwörerisch und meinte: »So viel ist nicht mal im Sommer in der Hochsaison los. Nur beim Seefest, wenn sie das Feuerwerk abschießen, sind mehr Leute da.« Er lachte etwas dämlich auf. »Hihihi, das Feuer hat es uns angetan. Und die Hütt'n dort, die ist jetzt warm abgetragen worden. Braucht sich niemand mehr drum zu streiten. Und das Geld, das sie wert war, ist auch futsch!«

Die Kollegin tätschelte den Kopf des Hundes.

»Ja, Frau Polizeiminister, wer hat dafür wohl gesorgt? Wird nicht einfach sein, das herauszufinden. Das Bootshaus war doch vielen Menschen im Wege. Aus den verschiedensten Gründen.«

Um ihm und dem Gerede, das inzwischen schon im Umlauf war, zu entkommen, ging sie nicht darauf ein, tätschelte nun statt des Hundekopfes den Arm des Mannes, der die Leine hielt, und meinte: »Jaja, Herr Mannesgruber. Passen S' auf Ihre Mara auf, damit sie nicht dem Feuer zu nahe und keinem zwischen die Füße kommt. Wir haben wirklich viel zu tun. Schönen Nachmittag!«

Damit zog sie Werner schnell am Ärmel weiter.

32.
SONNTAG, SPÄTER NACHMITTAG

Unterach am Attersee und Umgebung

Ein ungewöhnliches Geräusch hatte ihn aufgeweckt. Als wäre ein Glas zu Boden gefallen und zerbrochen, begleitet von einem seltsamen Knistern. War da auch eine menschliche Stimme, ein Schrei zu vernehmen gewesen? Er konnte es nicht mit Sicherheit sagen.

Benno drehte sich zur Seite, um die Uhrzeit auf seinem Telefon abzulesen, denn eine Armbanduhr ertrug er nicht mehr auf seinem dicken Handgelenk.

Er hatte über zwei Stunden tief und fest geschlafen. Manchmal schlief er am Tag besser, da er in der Nacht oft lange an seinen Computern saß. Ein heller, unruhiger Lichtschein und lauter werdendes Knistern und Knacken lenkten seine Aufmerksamkeit zum Eingang hin. Dazu musste er sich, nackt, wie er war, auf die andere Seite drehen. Eines der beiden Smartphones geriet dabei unter seine Fettwülste und extrem laut einsetzende Gitarrenklänge erfüllten den Raum. Der Filmsong »Another way to die« aus einem der letzteren James-Bond-Filme übertönte die von einem Feuer verursachten Geräusche. Helle Flammen züngelten vortastend vom schmalen Gang in den Wohnraum. Rauch, der sich auf der Decke für einen Angriff zu sammeln schien und sich ebenfalls in den Raum schob, lösten in ihm Panik aus. Jetzt hörte er tatsächlich ein Schreien von draußen, das er seinerseits mit Hilferufen beantwortete.

Noch nie hatte ihn Musik so genervt, fast zur Verzweiflung gebracht. Er wippte sich mit mehrmaligen Schwüngen auf der extradicken, durchgelegenen Matratze hoch, was ihm nur mit viel Mühe gelang. Wollte gleichzeitig die Musik abstellen, retten, was zu retten war, und aus dem Raum flüchten. Was alles im gleichen Moment und in seinem Zustand nicht möglich war. Das Smartphone zum Abstellen der Musik war nun irgendwo unter das zusammengerollte Bettzeug gerutscht, und der einzige Zugang oder in diesem Fall Fluchtweg, den es gab, war vom inzwischen sich ausgebreiteten Feuer in Besitz genommen worden. Er hatte damals bei der für ihn vorgenommenen Adaptierung des Häuschens einem zweiten Ausgang zum See hinaus nicht zugestimmt, da er den Platz brauchte und sowieso kein Sonnenanbeter oder Badefreund war.

Feuerwehr! Er musste die Feuerwehr anrufen! Er hatte das Gefühl, dass viele Minuten vergangen waren, doch der immer noch gleiche Song, der mit seinen dumpfen Bässen aus den Lautsprechern über ihm wummerte, bewies anderes. Das zweite Telefon lag auf dem Nachtkästchen, er schwang sich endlich auf, ergriff es und rutschte unbeabsichtigt zu Boden. Trotz Fettbremse schmerzte ihn das Steißbein. Die Flammen schienen den Rauch von oben nach unten zu verdrängen. Die aus Wärmedämmungsgründen eingezogene Zwischendecke, ebenfalls wie so vieles in diesem Haus aus Holz, hatte den Kampf gegen die Brandhitze verloren. Genauso die Stromzufuhr und die dazugehörigen Leitungen, denn plötzlich verstummte die Musik, die Geräusche von brennendem Material bemächtigten sich seiner Ohren. Was die Panik im wahrsten Sinne des Wortes noch mehr anfeuerte.

Die Computerbildschirme erloschen, so wie alle Lichter, die meist 24 Stunden lang hier ihren Dienst versahen. Das vertraute bläuliche Schimmern war einem unruhig rot-gelben Flackern gewichen.

Er tippte hustend die Notrufnummer ein, hörte wieder Schreie von draußen, die er abermals erwiderte. »Hilfe, Hilfe!«

In das Handymikrofon schrie er: »Es brennt. Unterach, Seeleitenstraße …«

Weiter kam er nicht, denn Rauch zog in seine Nasenhöhlen und den nach Hilfe rufenden, offen stehenden Mund. Statt weiterer Worte drang nur mehr ein Husten und Röcheln durch die Leitung zur Notrufzentrale.

Der Rauch und die Dämpfe des verbrennenden Unrats verursachten eine Atemwegsreizung und in der Folge ein Inhalationstrauma. Ein toxischer Cocktail von Reizstoffen, aus Gründen der Thermik, also der Hitze wegen, und Schadstoffen, von Kohlenmonoxid und Cyanwasserstoffen angereichert, bemächtigte sich seiner Atemwege. Obwohl sich sein noch funktionierender Intellekt gegen das Einatmen wehrte, wurde schließlich der Atemantrieb so groß, dass er doch die mittlerweile heißen und hochgiftigen Gase durch die Luftröhre einzog.

Die Fight-or-Flight-Reaction, sein Überlebensinstinkt, erhöhte massiv den bereits vorhandenen Stress. Das Wechselspiel aus atmungshemmendem Selbstschutz und atemtriggernden Faktoren seines Hirnstammes aggravierten die Qual seines Erstickungsvorganges. Trotz seiner der Fettleibigkeit geschuldeten verminderten Herz- und Lungenfunktion stieg die Herzfrequenz enorm an. Die eingeatmeten Toxine gelangten durch den erhöhten cardialen Pumpvorgang noch schneller in die Blutstrombahn.

Die Wand der Lungenbläschen, die Alveolarmembran, übernahm die Dealerarbeit und gab die Gase *an das Blutplasma ab. In diesem Fall wurde genug Kohlenmonoxid verabreicht, um den Sauerstoff vom Hämoglobin zu trennen. Denn CO ist um vieles bindungsfreudiger als Oxygenium, was ja durchaus positiv klingt. Doch leider ist es das nicht, und so wurde mit dem Blut das Organsystem mit CO statt O_2 versorgt. Der Sauerstoffmangel verursachte eine Bewusstseinstrübung und in Folge weitere automatisierte toxische Atemzüge, welche die Sauerstoffschuld im Gewebe potenzierte.*

Benno verlor das Bewusstsein, kippte um und lag in seinem ihn umgebenden Fettgewebe gebettet am Boden. Nackt, wie Gott ihn schuf. Doch nein, er war damals kleiner und um vieles leichter. Die Sirene der Feuerwehralarmierung entzog sich seiner bewussten Wahrnehmung.

33.
SONNTAG, SPÄTER NACHMITTAG

Unterach am Attersee

Der Himmel war zur Gänze grau verhangen. Clemens stand in der offenen Tür des familieneigenen Badehauses und beobachtete den Regen, der dem See mit seinen funkelnden Einschlägen und dem dadurch erzeugten gleichmäßigen Rauschen eine beruhigende Wirkung verlieh, dem er sich eine Zigarette rauchend hingab.

Und er hatte sich zu beruhigen. Petra war nochmals mit ihrem Bike gekommen, um ihre Sachen zu holen. Hatte ihn des Verrats beschuldigt, dass er ihr nicht vertraue, ja sie sogar verdächtige. Und das nach den vielen Wochen der Zweisamkeit. Sie habe gedacht, dass sie sich liebten. Ja, er sei der Erste gewesen, dem sie sich zur Gänze hingegeben habe. Das bereue sie jetzt. Ihre Freundin habe schon recht, wahre Freundschaft und Liebe stellten sich erst in Extremsituationen und Krisen heraus.

Clemens hatte zur Verteidigung sowie zur Darstellung seiner Sicht keine Chance gehabt. Wäsche und andere Gegenstände waren an seinem Kopf vorbeigeflogen. Nachdem ihre wenigen Habseligkeiten in ihrem Rucksack verstaut waren, hatte sie ihm noch eine Packung Präservative an die Stirn geworfen, mit den Worten: »Jetzt kannst du's dir allein machen. Ihr Männer seid alle elende Wichser.«

Dann war sie verschwunden.

Jetzt, Minuten später, musste er darüber lächeln, denn der

letzte Satz entsprach außer dem Wort »elendige« der Wahrheit und war streng genommen keine Beleidigung.

Er sah die angerauchte Zigarette an, die seltsam roch, und schnippte sie in den See, was er im Beisein von Petra niemals hätte tun dürfen. Der Gestank wurde dennoch intensiver, es roch verbrannt. War es doch nicht der Glimmstängel gewesen? Er drehte sich nach links, um zu erschnuppern, woher der Geruch kam. Da hörte er ein Schreien. Eine weibliche Stimme, die ihm vertraut war. Sie klang verzweifelt.

Er stürzte in das Badehaus hinein und auf der Uferseite wieder heraus. Rannte drei Bootshäuser weiter und bemerkte trotz Regen über einem Seegrundstück Rauch aufsteigen. Abermals ein hilfesuchender und zugleich schmerzhafter Aufschrei. Petras Rad lag vor einem hüfthohen Holzzaun, der neugierige und unliebsame Besucher abhalten sollte.

»Mist. Das ist das Haus vom fetten Beni.« Clemens sprang über das niedrige Gartentor. In diesem Augenblick schwollen mindestens zwei Feuerwehrsirenen an. Vor dem offenen Eingang, aus dem Flammen schlugen und enormer Rauch hervorquoll, kauerte seine Liebste auf dem Boden.

»Petra, weg da! Scheiße, was machst du da?«

Sie schien ihn nicht zu bemerken, betrachtete abwechselnd die Feuersbrunst und ihre Hände. Sie reagierte nicht auf sein Zurufen. Er kniete sich hinter ihr nieder, um sie unter den Achseln zu fassen und fortzuziehen.

»Da ist einer drinnen. Da verbrennt jemand!«

Sie zeigte mit ihrem Arm auf den Eingang. Clemens bemerkte, dass ihre Hände fleischig wirkten. Angekokelte Haarsträhnen, Ruß im Gesicht und schwarze Ärmel an ihrer Jacke machten ihm klar, dass sie dem Feuer zu nahe gekommen war. Oder … Wieder stellten sich Zweifel ein, doch er wollte den Gedanken nicht weiterverfolgen.

»Petra! Hilfe ist unterwegs. Du musst weg von da. Komm, ich helfe dir.«

»Aber …« Sie neigte sich wieder dem Eingang zu, »Hallo, bist du da drinnen?«

Auch Clemens rief: »Beni! Beni!«

Außer dem lodernden Feuer und dem Knacken von brechenden Hölzern war im Moment nichts zu hören. Dann zum Glück die sich nähernden Signalhörner der Einsatzfahrzeuge.

34.
SONNTAG, SPÄTER NACHMITTAG

Unterach am Attersee

Benno spürte nicht mehr die Hitze, die seiner nackten und schweinchenrosa gefärbten Haut zu schaffen machte, über die bald die Flammen herfallen würden. Konnte gegen die extreme Atemnot nicht mehr ankämpfen. Nicht sehen, dass vor ihm alles brannte. Das Bett, vor dem er lag, und sein Arbeitsplatz mit den dunklen Computerbildschirmen warteten so wie sein Körper auf die endgültige Übernahme der Feuersbrunst.

> *Die Kombination aus den inhalierten Toxinen und der seiner Adipositas geschuldeten verminderten Lungenkapazität beschleunigte die Sauerstoffunterversorgung. Der Circulus vitiosus, ein unaufhaltsamer Teufelskreis, hatte sich in Gang gesetzt. Das Herz stellte durch die Hypoxie und den gleichzeitigen Kohlenmonoxid-Overload seine Arbeit ein, was einen totalen Kreislaufstillstand bedeutete.*

Benno verabschiedete sich leise von dieser Welt. Ohne seiner Familie und den wenigen Freunden, die er hatte, Lebewohl zu sagen, ohne weitere Mails an seine Kunden senden zu können, zu denen auch Werner Adler gehörte, der soeben mit seiner Kollegin Jacky vor dem brennenden Gebäude eintraf. Für ihn waren die Rettungsversuche, die außerhalb des Infernos starteten, belanglos geworden.

35.
SONNTAG, SPÄTER NACHMITTAG

Unterach am Attersee und Umgebung

Jacky fuhr den Wagen an dem brennenden Badehaus vorbei und parkte ihn quer gestellt als Absperrung für den von Weißenbach kommenden Verkehr auf der Fahrbahn. Das Blaulicht am Dach ließ sie weiter rotieren.

Sie waren die Ersten an der Seeleiten-Straße. Kollegen aus Mondsee und Sankt Gilgen waren bereits verständigt, und die ersten Feuerwehrfahrzeuge sowie ein Rettungswagen trafen fast gleichzeitig mit ihnen ein. Sie hatten beide dieselbe Anfahrt, da die örtlichen Einsatzzentralen sehr nahe beieinanderlagen.

Um sich kurz einen Überblick zu verschaffen, näherten sie sich dem Grundstück mit dem brennenden Gebäude.

Eine junge Frau lag, an die Holzlatten eines Zauns gelehnt, auf einem schmalen feuchten Rasenstreifen. Daneben stand ein großer junger Mann, der ihnen sehr besorgt entgegenblickte.

Jacky erkannte beide. »Mist, das ist Petra Zieher mit ihrem Freund. Die Verdächtige, die heute zur Befragung bei uns war.«

Sie öffnete das niedrige, immer noch geschlossene Gartentor. »Clemens, seid ihr verletzt?«

Er zeigte auf Petra, die apathisch auf den Türrahmen starrte, dessen Öffnung von einer Flammenwand eingenommen worden war, die von innen auch nach außen zu dringen versuchte.

Der Feuerwehrkommandant kam mit einer Begleitung gelaufen, sah auf die Verletzte hinunter und gab sofort den Rettungsleuten ein Zeichen. »Ist noch jemand im Haus?«, fragte er.

»Ja, Petra hat von drinnen Schreie gehört«, antwortete Clemens.

»Wahrscheinlich vom fetten Benno. Äh, ich meine vom IT-Beni. So nennt man ihn hier. Wie er mit Familiennamen heißt, weiß ich nicht.«

Werner durchzuckte ein ungutes Gefühl. Er kannte die Behausung Bennos nicht, hatte mit ihm nur telefoniert und per Mail Kontakt gehabt. War das einer dieser ihn ständig verfolgenden Zufälle, dass es nun genau bei ihm brannte? Oder wurde er ungewollt wieder einmal in etwas hineingezogen, das er sich gerne erspart hätte?

Er machte den Weg frei für die Rettungs- und Feuerwehrleute. Der Erstangriff wurde sofort mit dem Wasser aus dem Tankwagen auf den Eingang gestartet. Neben dem Gebäude wurden Saugschläuche in den See gelegt, um ausreichend Flüssigkeit zu den anderen Spritzen pumpen zu können.

Während Petra aus dem Gefahrenbereich zur Fahrtrage geleitet und in weiterer Folge zum Rettungswagen gebracht wurde, fragte Jacky den besorgt dreinblickenden jungen Mann: »Wieso seid ihr beide hier? Habt ihr das Feuer gelegt?«

»Was? Ich … äh … Nein, wir haben das Feuer nicht gelegt. Ich meine … äh … ich nicht.«

Jacky zog ihn mit sich, vom aufgeheizten Umfeld des Geschehens weg.

Werner drehte sich derweil zur Straße und erblickte die Kollegen aus Mondsee, die sich der Absperrung und dem dadurch entstehenden Verkehrschaos widmeten. Denn die Straße war am Südufer des Sees so schmal, dass neben den vielen Einsatzfahrzeugen kein Durchkommen für andere Verkehrsteilnehmer mehr war.

»Clemens, was ist hier los?«, fragte Jacky abseits eindringlich.

Stotternd erklärte er ihr, dass seine Freundin nochmals bei ihm gewesen sei, denn das Badehaus, auf dessen Höhe der Polizeiwagen stand, gehöre seinen Eltern. Er habe sich mit ihr gestritten, und Petra habe das Gebäude daraufhin verlassen, um mit ihrem Bike nach Hause zu fahren. Minuten später habe er den Brandgeruch bemerkt und seine Freundin am Eingang des Infernos aufgefunden.

»Gut, danke, Clemens. Geh jetzt zu eurem Häuschen und halte dich bitte für weitere Fragen bereit.«

»Darf ich zu Petra?« Er zeigte in die Richtung, in der das Rettungsfahrzeug stand, in dem seine Freundin auf der Liege verarztet und mit einer Sauerstoffmaske versorgt wurde.

»Jetzt noch nicht, Clemens. Ihr seid im Augenblick beide verdächtig. Auch wenn ich nicht denke, dass du mit dem Feuer etwas zu tun hast. Wir geben dir Bescheid!«

Kaum hatte er sich wegbegeben, betätigte Jacky ihr Telefon. »Werner, ich muss die Salzburger Kriminalpolizei informieren. Denn hier sind die Oberösterreicher im Moment nicht mehr zuständig. Obwohl es anders besser wäre, da sicher alle Brände miteinander zu tun haben.«

36.
SONNTAG, FRÜHER ABEND

Unterach am Attersee und Umgebung

Die vier inzwischen eingetroffenen Feuerwehrverbände aus der Umgebung kämpften vor allem darum, den in dem in Brand geratenen Gebäude liegenden Körper zu bergen.

Der Löscheinsatz mittels der ausziehbaren Leiter über dem Dach versprach leider nicht den gehofften Erfolg. Da zwar die Zwischendecke brannte, jedoch kein Durchdringen von oben zum Innenraum möglich war. Vielmehr überwachte nun der Feuerwehrmann vom Metallkorb einige Meter über dem Geschehen aus die angrenzenden Bootshäuser, damit sie nicht ebenfalls in Brand gerieten. Er hielt begleitend zum anhaltenden Nieselregen das wasserspeiende Rohr auf die Dächer, die er mit dem Strahl von seiner Position aus erreichen konnte.

Luki Berndorfer, der den Angriff vom See aus auf der noch nicht in Feuer geratenen Badeplattform koordinierte, hatte durch die schmalen, verschmutzten Fenster undeutlich einen leblos wirkenden Körper am Boden entdeckt. Die Flammen waren kurz davor, ihn zu erfassen und einzudecken. Er erkannte, dass keiner seiner Mitkämpfer durch die Fenster passen würde. Von ausgerüsteten Atemschutzleuten ganz zu schweigen, die es in diesem Fall aber dringend benötigte.

»Vorsicht!«, rief er laut aus, und zwei Männer schlugen mit Äxten die Fenster ein, durch die unvermittelt, als hätten sie darauf gewartet, Flammen schossen, begleitet von einer großen Menge an Rauch. Gefördert durch den an der Eingangstür platzierten übergroßen Ventilator, der zusätzlich zum Wasser einen Korridor für den Innenangriff schaffen sollte.

Luki konnte den Gedanken nicht verdrängen, dass Petra, seine so geschätzte und geförderte junge Kollegin, vermutlich der Feuerteufel war. Ja, er konnte es nachvollziehen, dass diverse Brände und deren Bekämpfung faszinierend waren, den Adrenalinspiegel in die Höhe trieben. Dass der gemeinschaftliche Zusammenhalt eines erfolgreichen Einsatzes, der Sieg über die Feuersbrunst und andere Gefahrenquellen mit nichts zu vergleichen waren. Eindrücke und Triumphgefühle, die wirklich nur die Beteiligten erfahren und erspüren durften und die deshalb nur diese nachvollziehen konnten, was Begeisterung und Leidenschaft entfachte. Für viele von ihnen waren oftmals genau diese Erlebnisse, die gemeinschaftlich überstandenen Grenzerfahrungen, der Lohn für die vielen Stunden, die er, seine Frauen und Männer unentgeltlich leisteten. Und sich dabei regelmäßig selbst in Lebensgefahr brachten.

Doch das war keine Rechtfertigung dafür, Feuer zu legen und dadurch Menschenleben zu gefährden, egal ob es Bewohner, Passanten oder Einsatzkräfte waren.

Zwei mit Atemschutzgeräten und Strahlrohren ausgestattete Männer traten nun an die offenen Fenster, um die Flammen, die den reglosen Körper erreicht hatten, mit ihrem zielgerichteten Wasserstrahl zurückzudrängen und damit endlich die erhoffte Rettung und den Innenangriff zu ermöglichen. Doch Luki hatte genug Erfahrung in seiner Tätigkeit als Feuerwehrkommandant, um zu wissen, dass der Mann, den sie hier versuchten zu retten, vermutlich nicht mehr am Leben war.

Werner Adler hatte mit dem Notarzt gesprochen, der ihm versicherte, dass die Verletzte mindestens eine bis zwei Nächte im Krankenhaus verbringen müsse. Verdacht auf Rauchgasvergiftung und Verbrennungen an den Händen zweiten und dritten Grades. Leicht möglich, dass auch ihre Atemwege durch die Thermik in Mitleidenschaft gezogen worden waren.

Die junge Frau wurde soeben mit dem Rettungswagen nach Vöcklabruck gebracht. Werner bat um sofortige Verständigung, sollte das Mädchen verlegt oder woanders hingebracht werden. Sie galt als dringend verdächtig, das Feuer gelegt zu haben, und der Kriminaldienst würde im Laufe des Abends die weitere Vorgehensweise bestimmen.

Bevor er sich wieder dem Geschehen der Feuerbekämpfung zuwandte, begrüßte er zwei Kollegen, die von Sankt Gilgen über den Mondsee herübergefahren waren. Ein Autofahrer mit Gmundner Kennzeichen, der von ihnen angehalten worden war, wollte sich nicht abwimmeln lassen. »Ich muss da hinüber, ich habe einen Termin!«

Neben ihnen tauchte plötzlich noch ein Polizist auf. Revierinspektor Mario Richter aus Unterach, der Jacky ablösen sollte, die auf der anderen Seite der Absperrung Ankommende und Schaulustige abhielt.

»Servus, Werner. Grüß euch, Jungs.« Er deutete ein Salutieren mit ausgestrecktem Zeigefinger, dem das vordere Glied fehlte, auf Höhe seiner Kappe an.

»Was ist jetzt? Machts ihr eine Kaffeepause, oder kann ich endlich da durchfahren?«, mokierte sich der ungeduldige Kerl, der in einem weißen BMW älteren Baujahres saß. Er klopfte überheblich auf sein Lenkrad.

»Da schau her«, übernahm Mario mit übertrieben nasaler Stimme. Er hatte den Fahrer erkannt. »Der Schurliburli! Jetzt zeigst uns den Führerschein, machst hinten auf, damit wir sehen, ob du ein Pannendreieck dabeihast. Dann werden wir überprüfen, ob deine Ausweise alle gültig sind, ob der Verbandskasten eh nicht abgelaufen ist und ob dir die Warnweste überhaupt passt. Dauert alles zusammen mindestens 30 bis 40 Minuten. Was meint ihr, meine Kollegen?« Er drehte sich kurz mit einem süffisanten Lächeln zu ihnen um. »Ach ja. Blasen sollten wir ihn auch noch lassen. Weil gestern beim Kastanienfest hat er einen enormen Blasius gehabt. Vielleicht ist davon noch etwas übrig!«

Werner musste sich ob dieser Schauspielkunst schmunzelnd abwenden. Mario war ebenfalls Mitglied beim Theaterverein und sorgte immer wieder für Unterhaltung während seiner Dienste. Werner hörte nur mehr, dass er dem Schurliburli, wie er ihn genannt hatte, die Wahl ließ, mit dem Wagen umzukehren oder sich dem angedrohten Prozedere zu unterziehen. Es gab Verkehrsteilnehmer, denen man nicht erst darzustellen brauchte, wie es wohl wäre, wenn sie selbst die Einsatzkräfte benötigten, da ihnen die nötige Empathie und Vorstellungskraft fehlte. Denen musste man mit paradoxem Vorgehen die Schneid abkaufen.

Gruppeninspektor Adler blieb in sicherer Entfernung außerhalb des Holzzaunes stehen. Das Feuer war zwar noch nicht gelöscht, aber so weit eingedämmt, dass die Leute des Atemschutztrupps in das Gebäude eindringen konnten.

Der Einsatzleiter bedachte ihn mit ernstem Blick und kurzem Nicken und rief einer Rettungssanitäterin zu: »Informieren Sie den Notarzt, sie bringen den Mann jetzt raus!«

Gleich darauf begab er sich zum Eingang, stellte den riesigen Ventilator ab und bewegte ihn mit weiteren Kameraden zur Seite. Durch den engen Gang schoben sich Zentimeter für Zentimeter drei Feuerwehrleute mit schwerer

Montur und noch schwererer Last dem Ausgang zu. Werner vernahm trotz der Geräusche, die der Brand verursachte, lautes Schnaufen, was er der Anstrengung der Bergung zuschrieb. Ebenso meinte er, dumpfes Fluchen und Schimpfen zu hören. Langsam schälte sich die erste Gestalt aus der schmalen, immer noch qualmenden Öffnung. In den Händen statt eines Schlauches jeweils einen dicken nackten Fuß im Griff. Der Kommandant sprang ihm zur Seite und übernahm ein Bein. Mit der nun frei gewordenen Hand schob der Feuerwehrmann die Maske von seinem Gesicht. »Scheiße! Der ist so verdammt schwer!«

Nach einigen weiteren Sekunden schoben sich die weiteren Körperteile waagrecht durch die Rauchwand. Mehr an den Schultern als an den Händen wurde ein nackter Mensch ins Freie gebracht.

»Hier herauf«, rief ein Sanitäter, der bereits eine Fahrtrage auf der nahen Asphaltplattform für den Weitertransport vorbereitet hatte. »Der Notarzt ist gleich da. Er behandelt noch einen verletzten Feuerwehrmann.«

Werner öffnete das Gartentor und hielt es auf, damit die Feuerwehrleute mit ihrer Fracht die paar Steinstufen und kleine Anhöhe barrierefrei bewältigen konnten. Er war geschockt über die Leibesfülle des Geborgenen, der endlich zur Gänze dem flammenden Inferno entrissen worden war.

Weitere Helfer wollten unterstützend zugreifen, was vorhin wegen des engen Ganges und jetzt durch das schmale Gatter nicht möglich war. Genau auf Adlers Höhe – der halbe rosa gefärbte Fleischberg war an ihm vorbei – rutschten die Füße des sich ihm am nächsten befindlichen Feuerwehrmannes auf dem feuchten Grund weg. »Scheiße!«

Bevor die frei gewordene Seite des zu Tragenden kippen und dadurch den anderen helfenden Händen entgleiten konnte, packte Werner zu. Er griff nach der Achsel des

Transportierten und verhinderte damit dessen Fall auf die noch zu bewältigenden Steinstufen.

Hinter ihm hörte er die Stimme des zu Boden gegangenen Feuerwehrmannes. »Bist deppert! Ich kann nicht mehr! Dass ein Mensch überhaupt so schwer sein kann.«

Werner war gezwungen, dem Toten ins Gesicht zu sehen, bemerkte die Platzwunde auf seiner Stirn, die wunde Unterlippe und die offen stehenden Augen. Der leere Blick ließ in ihm etwas hochkommen, das er zu unterdrücken versuchte. Es war nicht das erste Mal, dass er bei Sichtungen von Leichen Probleme bekam. Diese hatten vor allem mit einem Erlebnis aus seiner Kindheit zu tun. Er war sich bewusst, dass er der aufsteigenden Angst und Panik keine Achtung und Bedeutung schenken durfte. Doch das war leichter gesagt als getan.

Auf den Stufen war endlich Platz für weitere Helfer, und mit extremem Kraftaufwand schafften sie es die paar Schritte hinauf, um den massiven Berg an Fleischesmasse auf der zu Boden gesenkten Liege abzulegen. Es war jedoch mehr ein Niederplumpsen Lassen als ein behutsames Niederlegen. Erleichterung machte sich breit, und die Träger gaben gerne den Platz für das medizinische Team frei.

Einer der Sanitäter klatschte sofort zwei Defi-Pads auf den Oberkörper des Geborgenen, um einen Reanimationsversuch zu starten. In diesem Augenblick trat der herbeigelaufene Notarzt hinzu und blickte fragend den eifrigen Rettungsmann an. Dieser zeigte mit einem Achselzucken und unterwürfigem Gesichtsausdruck auf die Pads.

Dr. Gabler, wie es auf dem Namensschild des Arztes zu lesen war, untersuchte Benno kurz und schüttelte dann resignierend den Kopf. »Gut, dann schreiben wir noch eine Null-Linie«, verkündete er und steckte ein Gerät an, das nach Werners Dafürhalten so etwas wie ein mobiles EKG war.

»Der Mann ist wahrscheinlich bereits kurz nach eurem Eintreffen verstorben«, erklärte der Arzt weiter, »war zu lange den Giften ohne Sauerstoffzufuhr ausgesetzt. Tut mir leid.«

Nun bat er eine junge Sanitäterin zu sich, um ihr etwas zu zeigen. Er öffnete den Mund des Toten und leuchtete mit einer Stablampe hinein.

»Siehst du die schwarzen Ablagerungen im Rachen hinten und an den Mandeln? Typische Zeichen einer Rauchgasvergiftung. Wenn er noch leben würde, würden wir den Belag im Krankenhaus abschaben, so dick ist er. In den Nasenlöchern ist er übrigens ebenfalls zu erkennen.« Er ging mit ihr auch ein paar Besonderheiten am von der Hitze gezeichneten Körper durch.

Alle vor Ort lauschten interessiert den pathologischen Ausführungen. Nur Werner nicht. Er hatte nicht um diese medizinische Nachhilfestunde gebeten und schaffte es endlich, sich vom Anblick der in die Unendlichkeit gerichteten Augen zu lösen. Und erblickte dabei ungewollt, wie sich bei der Entfernung der Elektroden vom nackten Oberkörper Teile der Oberhaut mit ablösten. Der Sanitäter streifte sie mit seinen behandschuhten Fingern wie lästig anhaftende Klebestreifen ab und schleuderte sie neben dem Toten zu Boden. Ein letzter schweifender Blick über den massiv geröteten, teils mit Blasen bedeckten Körper. Die enormen Brüste, die schlaff links und rechts in die Achselhöhlen und über die Seite hingen, die riesige Bauchschürze, die zumindest den Blick auf seine Genitalien verhinderte. Überall auf seiner Haut waren rötliche Ränder zu entdecken, einer Markierung mit einem dicken roten Edding gleich, an den Stellen, an denen die Hitze die Oberhaut von der Unterhaut weggeschmolzen hatte.

Adler drehte sich um und atmete tief ein in dem Versuch, die immer noch aufstrebende Panik in ihm zu bekämpfen.

Die Stimme des Notarztes hörte er wie aus weiter Ferne: »Die Wunden an Stirn und Lippe könnten Hinweise darauf sein, dass der Mann vorher niedergeschlagen wurde. Das wird die Autopsie klären müssen.«

Eine der Rettungsassistentinnen, die sich soeben erhoben hatte, bemerkte Werners Not: »Geht es Ihnen nicht gut? Kann ich Ihnen helfen?«

»Nein danke, es geht schon«, kam aus seinem Munde, doch sein Körper sagte etwas anderes. Er griff Halt suchend nach dem Oberarm der Fragenden und ließ sich mit deren Hilfe zum Rettungswagen führen, wo er sich an der offen stehenden Schiebetür niederließ. Er nahm seine Kappe ab und wischte sich den Schweiß von der Stirn. Er hatte noch nicht gemerkt, dass der Regen seit einigen Minuten aufgehört hatte.

37.
SONNTAG, SPÄTER ABEND

Unterach am Attersee und Umgebung

Einige der nicht mehr benötigten Einsatzfahrzeuge waren abgefahren. Der Verkehr wurde zumindest auf der dem Felsen zugewandten Seite freigegeben. Das Feuer war zwar unter Kontrolle, doch immer wieder glommen erneut Glutnester auf.

Ein Kriminalbeamter sowie ein Brandermittler aus Salzburg besprachen sich mit dem Einsatzleiter, dem die Mühe und Verantwortung, die solch ein Einsatz bedeutete, ins Gesicht geschrieben stand. Die beiden mussten die Freigabe zur Brandermittlung durch den Kommandanten abwarten. Der Tote war bereits nach Salzburg zur Gerichtsmedizin unterwegs, da von einem Fremdverschulden ausgegangen wurde.

Der vermüllte Zustand des in Brand geratenen Hauses, beinahe einer Messiewohnung gleich, zwang die Feuerwehrleute, den teilweise zu Klumpen verschmolzenen Unrat mit Schaufeln ins Freie zu bringen. Erst wenn die Berge des brennbaren Materials zerteilt und alle Glut gelöscht worden war, wäre an ein »Brand aus« zu denken. Eine Arbeit, die die Feuerwehrleute zusammen mit der Brandwache sicherlich bis nach Mitternacht beschäftigen würde. Unterstützend und teilweise zur Ablöse waren Kollegen der Feuerwehr und der Polizei aus Sankt Gilgen vom Wolfgangsee herübergekommen.

Gruppeninspektor Adler war inzwischen auf eigenen Wunsch zum Gemeindehaus in Unterach gebracht worden. Seinen Helferinnen und Helfern hatte er erklärt: »Ich kenne diesen Zustand. Ich benötige nur ein wenig Ruhe und vor allem örtlichen Abstand vom Geschehen. Dann fange ich mich wieder und kann ganz normal den Dienst weiterführen.«

Eine ältere, stämmige Sanitäterin hatte ihn begleitet und mütterlich darauf bestanden, bei ihm zu bleiben, solange er allein in den Räumen der Polizeistelle sei.

Sie stellte ihm ein Glas Wasser hin, mit der Aufforderung, es jetzt und sofort zur Gänze auszutrinken. Obwohl er es nicht zugeben wollte, tat ihm die weibliche Anwesenheit gut, schenkte sie ihm doch trotz seiner gesetzten Autorität eine gewisse Fürsorge und Geborgenheit, die ihn dem Seelenfrieden näher brachte, den er so oft im Boot am See suchte. Und meist auch fand.

Vor ihm auf dem Tisch lag sein privates Smartphone, das er seit der Rückkehr aus Korfu noch nicht eingeschaltet hatte. Er befürchtete, dass unzählige Anfragen diverser Medienhäuser zu seinem YouTube-Tanz am Bildschirm aufploppen würden. Trotzdem drückte er die seitliche Taste, um das Telefon samt seiner Apps zu aktivieren.

Und er sollte recht behalten. Sein Mailordner schien überzugehen, und das begleitende Klingeln überraschte sogar Jacky, die soeben eintrat, um ihren Dienst zu beenden.

»Vielen Dank für Ihre Fürsorge und Überwachung, was ja eigentlich mein Job wäre«, wandte Werner sich an die ihn überwachende Sanitäterin. »Es geht mir bestens, und wie Sie sehen, ist meine Kollegin eben eingetroffen. Haben Sie einen schönen Abend.« Er lächelte ihr höflich zu.

Die Sanitäterin hatte verstanden. »Wenn Ihre Panik wieder hochkommt oder Sie Atemnot bekommen, rufen Sie uns bitte unbedingt an. Ich finde, Sie sollten heute keinen Dienst mehr versehen, aber das ist nicht meine Entscheidung. Ich wünsche euch eine ruhige Nacht.«

Jackys Angebot, sie nach Hause oder zur Rot-Kreuz-Einsatzzentrale zu fahren, schlug sie aus. »Ich gehe gerne die paar Meter zu Fuß. Wir riechen alle angeräuchert, und ich lüfte mich dabei etwas aus. Danke.«

Und weg war sie.

»Mario kommt etwas später«, wandte sich Jacky nun an Werner. »Er möchte mit den Gilgerern was besprechen.« Um sich das Wort »Sankt« in den Ortsnamen zu ersparen, bezeichnete Jacky die Kollegen aus den angrenzenden Rayons eben nur »die Gilgerer« und »die Georgner«, bei den Mondseern brauchte es keine Abkürzung.

Sie ging in den Nebenraum, knöpfte ihre Dienstbluse auf, schälte sich aus heraus und hob naserümpfend den Kopf. »Wir stinken tatsächlich wie frisch aus der Räucherkammer entflohen.«

Werner schnupperte an seiner Kleidung und musste ihr zustimmen.

Sie sprach weiter, als würde sie neben ihm stehen. »Ich kann es immer noch nicht glauben, dass Petra die Brände gelegt haben soll. Aber die Indizien sprechen leider dafür. Der Feuerteufelvirus ist vermutlich auch eine Art von psychischer Krankheit.«

In diesem Moment klopfte es an der Tür für den Parteienverkehr, die wie immer verschlossen war.

»Werner, kannst du bitte aufmachen? Ich bin offiziell seit einer Stunde außer Dienst.«

Folgsam bewegte er sich zum Empfangstresen, drückte den elektrischen Türöffner, der mit einem Summen den Eintritt gestattete.

Ein junger Mann mit Flauschbart trat ein und begrüßte

Werner mit einem Telefon in der Hand. »Grüß Gott. Ich muss Ihnen etwas zeigen.« Er hielt Werner das Handy unter die Nase.

»Schließen Sie bitte die Tür hinter sich und nennen Sie mir vorerst Ihren Namen.«

Der Aufforderung nachkommend, stellte sich der Mann an den Tresen und legte das Gerät darauf. »Ich heiße Philipp Danzer. Ich wohne hier in Unterach und habe mit meiner Drohne etwas aufgezeichnet, das Sie interessieren könnte. Vom Brand bei der Hütte da vorne.« Er zeigte richtungsweisend auf eine der vier Wände, wobei er sich im Moment nicht sicher war, in welcher Richtung von hier aus gesehen die Hütte tatsächlich lag oder besser gelegen hatte. Jacky, die im Nebenraum zugehört hatte, trat ein, die Füße noch in Uniformhose, doch der Oberkörper bereits in Shirt und Pulli.

»Servus, Philipp. Was hast du denn aufgezeichnet?«

Werner wunderte sich, dass sich hier in Unterach anscheinend alle gegenseitig kannten. Auf dem Schörflinger Posten war das schon lange nicht mehr so.

»Hier«, der junge Mann drehte das Smartphone so, dass die beiden gut das Display betrachten konnten. »Ich nehme zu möglichst verschiedenen Zeiten die Gegend von oben auf. Möchte mal einen längeren Film daraus machen. Und das habe ich heute früh über dem Badeplatz gefilmt.«

Die Pfeiltaste auf dem Minibildschirm startete die Kamerafahrt vom Strandbad aus gesehen. Prachtvolle Bilder. Werner war immer wieder von Flugaufnahmen seines geliebten Attersees angetan. Doch es war jetzt nicht der richtige Zeitpunkt, beim Betrachten der Bilder seiner Wehmut nachzuhängen, der er sich gerne auf dem Wasserspiegel hingab. Die Drohne näherte sich nun dem Bootshaus. Vorerst war niemand zu sehen, doch gleichzeitig mit einem Aufflackern war jetzt eine Person zu erkennen, die sich aus dem nicht einsichtigen Bereich der Hütte löste und sich mit einem Fahrrad entfernte. Es waren nur wenige Sekunden, in denen sich die Person im Blickwinkel der Kamera bewegte. Dann ging die Drohnenfahrt weiter, um nach einer Drehung über dem See wieder zurückzukehren, da nun das Feuer als Gebäudebrand zu erkennen war.

»Wieso kommst du erst jetzt damit zu uns?«, fragte Jacky, und Werner forderte ihn gleichzeitig auf, die Sequenz zu wiederholen und dabei näher an die Person heranzuzoomen.

»Entschuldigt, aber ich habe es vorhin erst beim Herunterladen bemerkt. Fand das andere Feuer spannender.«

Vorwurfsvoll meinte die halb adjustierte Polizistin: »Du hast den Brand auf der Seeleiten-Straße auch gefilmt?«

Er nickte. »Ja, aber erst als die Feuerwehr schon dort war. Ich bin nach dem Verstummen der Sirene rausgeflogen.«

Nachdem Philipp die gefragte Szene eingestellt und den Ausschnitt vergrößert hatte, schob er sein Smartphone wieder zurück.

Jacky konnte fast nichts sehen, da sich Werner über das Display gebeugt hatte. Er drückte immer wieder darauf herum. Scrollte zurück, vergrößerte und sah sich das Ganze mehrmals an.

Währenddessen hakte sie, schon ahnend, dass es mit ihrem freien Abend nichts werden würde, bei dem Drohnenbesitzer nach: »Hast du auch gefilmt, wie sie den To… äh, den Mann ins Freie gebracht haben?«

Der Angesprochene nickte betroffen. »Ich weiß, dass er tot ist, haben sie vorhin schon im Radio gebracht. Leider habe ich auch das gesehen.«

Zwischendurch stieß Werner immer wieder ein »Das gibt es doch nicht« oder »Scheiße, nein« hervor.

Doch bevor Jacky dem Grund seiner Entrüstung nachgehen wollte, war ihr noch etwas wichtig: »Philipp, wir müssen das Handy und deine Drohne vorerst als Beweismittel beschlagnahmen. Du hast hoffentlich nichts davon online gestellt?«

Er schüttelte den Kopf.

»Gut. Bitte zeige niemandem diese Aufnahmen, du musst sie gegebenenfalls auch vollständig löschen.«

Jetzt nickte er eifrig, wusste nicht, ob er stolz sein durfte, da er bei der Aufklärung eines Verbrechens mithelfen konnte, oder ob er beschämt sein sollte, durch seine Aufnahmen privatrechtliche Verletzungen verursacht zu haben.

»Jacky, zieh dich wieder an. Wir müssen sofort los. Ich weiß, wer der Täter ist! Beziehungsweise die Täterin.«

Werner griff zu seinem privaten Telefon, um einen Anruf bei jemandem zu tätigen, dessen Nummer auf seinem Gerät gespeichert war.

Jacky seufzte. »Philipp, geh nach Hause, wir melden uns bei dir. Ich weiß ja, wo du wohnst. Danke, dass du uns informiert hast. Und das hier bleibt vorerst bei uns.« Sie zeigte auf sein Smartphone. »Die Drohne kannst du uns bringen, wenn wir dich dazu auffordern. Die Daten gelten als beschlagnahmt. Du darfst sie niemandem zeigen, nicht einmal deinen Eltern.«

Der Angesprochene war versucht, wegen des Telefons Einspruch zu erheben, ließ es aber sein, da Jackys ernste Miene unmissverständlich war.

Sie wartete ab, dass er durch die Tür verschwand, und wandte sich sofort ihrem Kollegen zu, der immer noch erfolglos versuchte, jemand Bestimmten am Telefon zu erreichten.

»Werner, was ist los? Was hast du auf dem Video entdeckt?«

»Jacky, die Täterin ist nicht Petra.«

38.
SONNTAG, SPÄTER ABEND – UNGEFÄHR ZUR GLEICHEN ZEIT

Stockwinkel am Attersee

Ingeborg lag auf ihrem Bett, starrte glückselig und gleichzeitig etwas erschöpft an die Decke. Hörte das Wasser der laufenden Dusche im angrenzenden Badezimmer und lächelte angesichts der soeben erlebten weiblichen Zweisamkeit. Zum zweiten Mal an diesem Wochenende. Es war der von Beatrice so betitelte Abschiedssex gewesen, da sie am kommenden Morgen abreisen würde. Sie müsse zurück nach München und die darauffolgende Woche Tirol mit ihren Reinigungsmitteln beglücken.

Sie strich mit den Handflächen über ihre nackten Brüste, das Becken bis zu den Oberschenkeln, um die orgiastische Energie, die sich ihrer bemächtigt hatte, auf ihrem restlichen Körper zu verteilen. Ein Klingelton schreckte sie auf. Sie vermutete ihr Telefon irgendwo am Boden unter den verstreuten Kleidern versteckt. Widerwillig wälzte sie sich über das Bett und versuchte, weit ausgestreckt das bimmelnde Objekt zu erreichen, ohne ihre Liegestatt zu verlassen. Sie hatte vor nachzusehen, ob sie den Anrufer kannte, um dann zu entscheiden, ob sie das Gespräch annehmen würde oder nicht. Sie zog an einem Hosenrohr ihre Jeans zu sich, da der Ton und ebenso ein Leuchten aus deren Hosentasche drang. Mit dem Kleidungsstück in den Händen drehte sie sich wieder der Zimmerdecke zu.

Bis sie das Telefon am Rücken liegend herausgenestelt hatte, war es verstummt. Werner Adler hatte angerufen. Beste Freunde rief sie fast immer zurück, was sie in diesem Fall ebenfalls gleich tun würde. Zuvor jedoch ging sie ins Bad, setzte sich auf die Klomuschel und beobachtete ihre Liebhaberin durch die angelaufene gläserne Duschwand. Trotz ihres Alters von 45 Jahren hatte sie einen beinahe makellosen Körper, wenn sie es nach männlichen Maßstäben bemessen müsste. Ihr eigener wies bereits deutlichere Gebrauchsspuren auf. Sie erhob sich, ergriff einen Gegenstand, der auf einem unter das Waschbecken geschobenen Hocker lag, und näherte sich immer noch nackt der halb geöffneten durchsichtigen Tür. Beatrice stützte sich mit den Händen an einer der beiden gefliesten Wände ab und ließ das Wasser über ihren Rücken laufen. Ingeborg betrat hinter ihr die Duschzelle, hob ihren Arm und ließ das Ding zielgerichtet auf den freien gestreckten Nacken senken.

»Ahh …«

Beatrice hatte sich pfeilschnell umgedreht, ihre Hände schützend vor sich gestreckt und damit Ingeborgs Brüste beinahe platt gedrückt, die dadurch ins Schwanken geriet. Als die Überraschte den immer noch erhobenen Massageschwamm erblickte, lockerten sich ihre Gesichtszüge und sie zog die strauchelnde Gastgeberin zu sich. »Du Luder, du sollst mich nicht erschrecken.«

Sie biss ihr zart in den Hals, und ihre Hände berührten vorerst zärtlich ihren Körper. Dann presste sie ihn nochmals kurz an sich, umfasste hart die Pobacken der anderen und flüsterte ihr zu: »Ich würde gerne weiter hier mit dir rummachen, aber ich muss echt noch einiges am Laptop für morgen erledigen. Also raus mit dir, bevor ich dich zu einer

Scheidung zwinge und hier einziehe. Dein Mann hat dich sicher nicht verdient.«

Ingeborg wusste, dass dies scherzhaft gemeint war, sie hatten vorhin über Partnerschaften und diverse Sexpraktiken gesprochen. Sie spielte die Beleidigte und zog eine Schnute: »Na gut, wenn dir dein Computer wichtiger ist, dann kann ich mich ja mit meinem Handy beschäftigen.«

Sie schnappte sich ein Badetuch, wickelte sich darin hinein, verließ das Bad und setzte sich im Schneidersitz aufs Bett.

Mittels Anrufliste wählte sie Werners Nummer. Sie hatte sich weitgehend abgewöhnt, das Telefon an ihr Ohr zu legen, meist hatte sie während ihrer Arbeit in der Frühstückspension Airpods im Ohr, oder sie legte das Gerät neben sich und sprach über die eingebaute Freisprechfunktion, so wie jetzt.

Bevor sie ihren Freund begrüßen konnte, sprudelten ihr die Wörter schon hastig aus dem Lautsprecher entgegen. »Ingeborg … endlich … ist dein Gast noch bei dir? Wenn ja, musst du sofort weg. Sie ist die Brandstifterin. Sie hat wahrscheinlich auch deinen Freund Benno auf dem Gewissen. Bist du noch da?«

Ingeborg hörte zwar die Frage, doch eine Antwort und das Verarbeiten des Gehörten waren ihr nicht mehr möglich. Zwei harte Schläge auf ihren Halsansatz ließen sie die Besinnung verlieren.

39.
SONNTAG, SPÄTER ABEND

Stockwinkel am Attersee

Rasches Handeln war angesagt. Sie rollte die Bewusstlose in das Leintuch ein, zog sich schnell an, packte die wenigen Sachen aus ihrem Gästezimmer, die alle in ihrem kleinen Rucksack Platz hatten. Der Koffer befand sich mit den Reinigungsmitteln, die sie für die irreführenden Vorführungen benötigte, und den teils leeren, teils bis zum Rand gefüllten Benzinkanistern im Kofferraum ihres Wagens auf dem Gästeparkplatz neben der privaten Garage.

Wieder im Schlafzimmer der Gastgeberin bemerkte sie, dass sich die Eingerollte bewegte. Beatrice bückte sich, nahm den am Boden liegenden Slip auf und stopfte ihn Ingeborg in den Mund, deren Kopf zur Hälfte aus der Rolle ragte.

Dann packte sie mit beiden Händen zu und schleppte die Gefangene durch das Haus in die Garage. Dort öffnete sie die Heckklappe des unverschlossenen Peugeots ihrer Gastgeberin, hob diese hinein und zog die ausziehbare Kofferraumabdeckung zu. Der Autoschlüssel lag wie üblich im Auto bereit, was ihr Ingeborg zuvor verraten hatte. Auf diese Weise konnte sie diesen im Haus nicht verlegen. Sehr praktisch, auch für Einbrecher oder Diebe, was sie streng genommen gar nicht war, denn das Auto würde sie sich nur ausborgen. Das Garagentor ließ sich per Druckknopf einer kleinen Fernbedienung in der Mittelkonsole öffnen. Schnell lief sie zu ihrem eigenen Wagen, neben dem das rosa Mountainbike lehnte, das den Gästen zur Verfügung stand und das sie in dieser Woche am Attersee häufig benutzt hatte. Nicht nur zu sportlichen Zwecken. Die vollen Kanister hatte sie jeweils einen Tag vorher in der Nähe der in Brand zu setzenden Gebäuden versteckt. Was am Naturbadeplatz etwas schwieriger und erst beim dritten Versuch ohne Zeugen möglich gewesen war.

Sie räumte das Handschuhfach leer und zog den USB-Stick ab, der ihre Lieblingsmusik enthielt. Nun öffnete sie alle Fenster und schraubte die Verschlüsse der im Kofferraum abgestellten Benzinkanister ab. Einen davon nahm sie in die Hand und verschüttete die beißend riechende Flüssigkeit im Innenraum des Hyundais.

Beatrice war gerne damit gefahren, auch wenn der Wagen nicht ihr gehörte. Genau genommen hatte er keinen Besitzer. War sicherlich gestohlen und ihr mit gefälschtem Kennzeichen von ihren Auftraggebern zur Verfügung gestellt worden. Nun musste sie improvisieren, was sie hasste, aber manchmal notwendig war. Zu gerne hätte sie gewusst, welches Indiz sie verraten hatte. Was falsch gelaufen war.

Bevor sie das Feuer entzündete, fuhr sie das andere Fahrzeug aus der Garage, die sie anschließend mittels Fernbedienung wieder schloss. Es sollte zumindest bis zum Eintreffen der Einsatzfahrzeuge wie ein normaler Fahrzeugbrand aussehen.

Der mithilfe des Feuerzeugs entzündete Grillanzünder ließ sich gut mit Abstand durch das offene Wagenfenster werfen. So schnell sich das Feuer im Inneren ausbreitete, so schnell fuhr sie mit dem rotbraunen Peugeot zur Straße hinunter. Es war höchste Zeit, denn eigentlich müsste der Polizist, den sie hier kurz kennengelernt hatte, schon da sein. Mit ihm hatte sie nicht gerechnet, und vermutlich war genau er der Grund für ihr Auffliegen. Doch warum sollte das Glück jetzt nicht auf ihrer Seite sein? Sie riskierte nicht die Fahrt an Unterach vorbei nach Mondsee, um zur Autobahn zu gelangen. Sicherer war, das Auto zurück in die Ortschaft Attersee zu lenken und dann rauf zur Autobahnauffahrt St. Georgen. Bevor sie in einer Kurve von Ingeborgs Haus aus außer Sicht geriet, entdeckte sie im Rückspiegel, wie Blaulicht die Luft schwängerte. Das war knapp.

Sie überlegte, was sie mit ihrer Geisel machen sollte. Diese hatte es geschafft, den Slip aus ihrer Mundhöhle loszuwerden.

»Hilfe! Hilfe!«

»Schrei nicht, es hört dich niemand, es ist dunkel draußen, und wir sind allein auf der Straße.«

Es sollte strenger klingen, als es aus ihrer Kehle drang. Sie musste sich eingestehen, dass sie Ingeborg mochte und ihre sexuelle Annäherung mehr war als nur die sonst gesuchte und erzielte Befriedigung.

»Stimmt es, dass du Benno umgebracht hast?«

»Wenn du den Fetten meinst, nein. Den hat das Feuer erledigt. Wäre er nicht so dick gewesen, hätte er es schaffen können.«

Weinerlich kam es von hinten: »Aber warum? Er war mein Freund. Der hat doch niemandem etwas getan!«

Beatrice hielt sich streng an die Verkehrsvorschriften und bekam von den Tempomessgeräten am Straßenrand immer ein grünes Lächeln geschenkt. »Täusch dich da mal nicht. Er hat mehrere Leute erpresst, mit Daten aus dem Darknet. Er ist meinen Auftraggebern, die ich nicht persönlich kenne, in die Quere gekommen. Und mit den Kings der Cyberkriminalität sollte man es nicht aufnehmen.«

Eine Sirene erklang, und sie sah reges Treiben bei einem Feuerwehrdepot der Ortschaft Parschallen. Sie wusste mehr von dem Einsatzort, den die eifrigen Frauen und Männer, die nun mit ihren roten Fahrzeugen losfuhren, bald erreichen würden.

In Nußdorf musste sie kurz anhalten, da ihr an einer Engstelle bei einem hervorragenden Restaurant, in dem sie diese Woche gegessen hatte, ein Wagen die Vorfahrt nahm.

»Hilfe, ich werde entführt!«, rief Ingeborg erneut und versuchte, zusammengerollt, wie sie war, von innen gegen die Karosserie zu klopfen.

»Scheiße. Halt still. Sonst versenke ich dich mitsamt dem Auto im See«, schnauzte Beatrice sie an. »Verhalte dich ruhig, dann passiert dir nichts.«

Und schon ging die Fahrt weiter, den Hilferuf hatte niemand gehört.

An einer Bushaltestelle an einem Feld zwischen den Orten hielt Beatrice den Wagen an und stieg in der Dunkelheit aus. Die Gefangene versuchte, nochmals zu schreien, doch Beatrice war sofort bei ihr und stopfte ihr das Höschen wieder tief in den Rachen. Zusätzlich zog sie das Leintuch über ihren Kopf, damit ein neuerliches Auswerfen des Knebels fast unmöglich wurde.

Kurz darauf fuhr sie mit gemächlichem Tempo weiter.

»Verdammt, Ingeborg, ich will dir nichts tun. Ich verschwinde spurlos, und du kannst morgen deinem Polizistenfreund das Frühstück machen. Ach ja, und sag ihm, dass ich das Boot gestern nicht in Brand gesteckt habe. Da hat mir der Zufall gleich eine Verdächtige serviert. Der kleinen Feuerwehrfrau, die mich heute fast erwischt hätte … der habe ich ein wenig zur Hand gehen müssen. Ohne Auftrag töte ich niemanden. Außer, es bleibt mir keine Wahl. Also fordere es nicht heraus, wäre ja schade, der Welt so eine großartige Liebhaberin zu nehmen.«

Sie steckte ihren USB-Stick in die vorhandene Buchse und suchte ihre Lieblingsnummer. »Light My Fire« von Erma

Franklin, Schwester der Blueskönigin Aretha. Die beste Version, die es gab, fand Beatrice. Die mit dem quietschenden Saxofon nach einem der Refrains. Genau das zeichnete diese funkige Coverversion aus.

40.
SONNTAGABEND

Stockwinkel am Attersee

Werner fluchte während der Fahrt auf der Umfahrungsstraße oberhalb von Unterach laut vor sich hin. Blaulicht und Signalhorn waren aktiviert.

Jacky versuchte, ihn zu beruhigen: »He, Werner. Vergiss es. Es ist schon vorbei, und wir sind unterwegs.«

»Ja, aber jede Sekunde zählt. Ingeborg ist in Lebensgefahr, und irgend so ein Trottel meint, er muss sein Auto mitsamt seinem Schinakel genau vor unserem Garagentor abstellen. Nur weil er noch ein Nachtfoto vom Steg aus machen möchte. Da sind Hunderte Parkplätze frei, aber nein, der Koffer muss …«

»Schluss jetzt, reg dich ab«, schrie seine Kollegin, »erzähl mir lieber, warum du meinst, die Täterin zu kennen.«

»Hast ja recht.« Er überholte, ohne die Geschwindigkeit zu verringern, ein rotes Mopedauto. Jacky hielt sich mit einer Hand am Türgriff fest und sah vor ihrem inneren Auge, wie das Vehikel durch den Fahrtwind von der Straße geblasen wurde. Was natürlich nicht geschah, aber ihr für ein paar Sekunden humorvolle gedankliche Ablenkung bescherte.

»Das rosa Fahrrad auf dem Video von dem Burschen, dem Philipp, kam mir sofort bekannt vor. Eine Freundin von mir, bei der ich diese Woche schlafe …«

»Ts, ts … Hast du nicht eine Griechin …«

»Fang bitte du nicht auch noch an. Ingeborg ist eine ewige Schulfreundin von mir. Darf man als Mann auch eine Freundin haben, ohne gleich an Sex und Triebhaftigkeit zu denken? Helena macht mir deswegen sowieso schon die Hölle heiß.«

Er raste zum See hinunter, wo die nördliche Ortszufahrt nach Unterach rechts abging. Jacky hoffte nur, dass in diesem Moment kein Fahrzeug von dort aus kam.

»Verzeih, du hast recht«, sie legte ihre Hand beschwichtigend auf seinen Arm, der am Gangknüppel lag.

»Okay, also, das Rad kam mir bekannt vor, und als ich die Person heranzoomte, erkannte ich die Fleece-Jacke mit den orangefarbenen Ärmeln, die an der Garderobe beim Frühstücksraum aufgehängt war. Und da ich weiß, dass die Jacke sowie das Rad Ingeborg gehörten, blieb nur der einzige weibliche Gast über, der bei ihr einquartiert war. Denn dass es eine Frau war, hast sogar du erkannt.«

»Und warum hast du nicht Ingeborg verdächtigt?«

»Erstens war der IT-Beni ihr Freund, um den sie sich sorgte, und zweitens konnte ich auf dem Video kurz das Gesicht der Frau erkennen, die ich selbst heute Nachmittag in Stockwinkel getroffen habe.«

Plötzlich ertönten Feuerwehrsirenen.

»Nein, nicht schon wieder. Hört das denn nie auf!«

Jacky schlug auf das Armaturenbrett ein.

»Wenn's nicht so tragisch wäre, müsste ich sagen, dass es langsam langweilig wird.«

Werner ahnte Schlimmstes. »Jacky, ich sag dir, das war die Wahnsinnige. Es brennt hundertprozentig in Stockwinkel. Ein paar Kilometer noch.«

Wenige Minuten später passierten sie die Gemeindegrenze zu Nußdorf, und Jacky hatte das Gefühl, auf Höhe des Hotels Stadler samt Wagen abzuheben.

Linker Hand waren auf einer Anhöhe Flammen und eine damit einhergehende dunkle Rauchwolke auszumachen. Werner bremste ab, stellte den Wagen rechts auf dem freien Rasenstreifen eines Badeplatzes ab, um die Auf- und Zufahrt der Feuerwehr freizuhalten.

»Schnell, wir müssen rauf. Ich hoffe, dass ihr nichts geschehen ist.«

Sie überquerten die Straße und liefen über die Wiese zu den Häusern hinauf, von welchen Ingeborgs zum Glück eines der unteren war. Gleichzeitig kamen die ersten Feuerwehrfahrzeuge aus Parschallen, welche die kürzeste Anfahrt hatten. Polizeiliche Verstärkung war bereits vor der Fahrt hierher angefordert worden.

Ein Wagen der Feuerwehr fuhr zum Ort des Feuers hoch, ein zweiter parkte neben Werners Auto und die Vorbereitungen zum Schlauchlegen vom See aus begannen.

Außer Atem erreichte Werner die Einfahrt des Grundstücks seiner Freundin. Jacky hatte die bessere Kondition, denn ihr schien der kurze Sprint bergauf nichts ausgemacht zu haben.

Neben der Garage stand ein Pkw in Vollbrand. Ein Feuerwehrler trat auf Werner und Jacky zu. »Keine Sorge. Nur ein Fahrzeugbrand. Der Tankwagen aus Nußdorf ist schon unterwegs. Das Haus wurde noch nicht angegriffen.«

Werner wollte an ihm vorbei, doch der Mann hielt ihn zurück.

»Moment, Sie können da nicht hin. Die enorme Hitze und der Rauch sind zu gefährlich.«

Werner riss sich los und schrie ihm zu: »Hier ist eine Mörderin zugange, ich muss ins Haus! Es besteht die Gefahr eines schweren Verbrechens!« Von der Straße am See her waren die Sirenen der Kollegen aus dem Nachbarort zu hören.

»Okay. Sie gehen da aber nicht allein rein. Jemand von uns geht mit«, bestimmte der Feuerwehrmann und rief einen mit Atemschutz ausgestatteten Kollegen hinzu. »Helmut, begleite bitte den Polizisten hier ins Haus. Noch geht es, da der Rauch hinter das Gebäude zieht.«

Ein grelles Schnalzen ließ sie zusammenzucken.

»Keine Sorge, das war ein Reifen, der zerplatzt ist. Drei weitere werden bald folgen. Also, Helmut geht rein, aber sobald es für ihn oder euch zu gefährlich wird, kommt ihr raus! Verstanden?« Dabei sah er Werner ebenfalls auffordernd an, der gehorsam nickte.

»Geht klar. Los!«

Er sprintete am Garagentor vorbei zum Hauseingang, der nicht versperrt war. »Ingeborg. Bist du da? Melde dich!«

Bis der Feuerwehrmann samt seiner Ausrüstung im Flur stand, hatte Werner die paar Räume des Erdgeschosses bereits nach Personen abgesucht. In der Wohnung war außer Unordnung im Schlafzimmer nichts Ungewöhnliches zu bemerken. Er sprang die Stufen hinauf und stürmte in verschiedene Fremdenzimmer, die allesamt leer waren.

»Die Garage. Wir müssen nachsehen, ob dort ein Wagen steht! Mist, ich habe nicht mal gecheckt, welches Auto brennt. Können Sie oben weitersuchen? Ich sehe unten ...«

Der Mann schüttelte seinen behelmten Kopf. »Nein, wir müssen raus. Der Rauch zieht jetzt zum Haus her.«

Werner sauste ohne weitere Worte nach unten, durchquerte einen größeren Abstellraum und betrat die Garage. Hier stand kein Fahrzeug.

»Scheiße, die ist wahrscheinlich mit Ingeborgs Wagen geflüchtet.«

Er wollte das Tor öffnen, doch der Feuerwehrmann hielt ihn davon ab.

»Nein. Lassen Sie das Tor zu. Sie würden dem Rauch nicht entkommen. Wir müssen zur Haustür raus, und das möglichst schnell.«

Beide liefen zurück. Durch die offene Eingangstür drangen schon dicke Rauchwolken.

»Mund zu, Atem anhalten und gerade durchlaufen bis zum Biotop. Auf keinen Fall vorher nach rechts zu den anderen. Haben Sie verstanden?«

Werners Augen tränten bereits, er nickte und meinte noch: »Einen Moment, ich versuche sie anzurufen, vielleicht hören wir hier im Haus das Läuten.«

Nach drei erfolglosen Versuchen gab er auf, hielt den Arm schützend vors Gesicht und rannte pfeilgerade hinaus, ohne anzuhalten. Bis er eine Hand an der Brust spürte und unter sich den dunklen See und das Licht der arbeitenden Feuerwehrleute bei den Pumpen ausmachen konnte. Jacky hatte ihn abgebremst.

»Was ist das für ein Wagen, der da brennt?«, fragte Adler seine Kollegin und drehte sich dem Brand zu, der mit Schaum und Wasser gelöscht wurde.

»Weiß nicht. Ein deutsches Kennzeichen, soviel ich sehen konnte.«

Werner setzte sich auf eine kleine Holzbank, die den Gästen des Hauses eine herrliche Sicht auf den See bot.

»Wir müssen Ingeborgs Wagen zur Fahndung ausschreiben. Ich weiß das Kennzeichen. Ich fürchte, die Täterin hat sie mitgenommen. Wir sind nicht mehr dazu gekommen, im Dachboden nachzusehen, aber mein Gefühl sagt mir, dass Ingeborg nicht im Haus ist.«

Er nahm sein Telefon heraus und wählte ihre Nummer.

41.
SONNTAGNACHT

An der Autobahn

Vera Hubinger hatte sich in St. Georgen an einem Automaten Zigaretten geholt und war nun auf dem Weg zur Autobahn. Kurz nach dem letzten Kreisverkehr, am Pendler-Parkplatz, winkte ihr eine Frau verzweifelt zu. Es war zwar dunkel, doch die Regenwolken am Himmel hatten sich verzogen, und es gab zumindest genug Licht in der Dämmerung, um auch außerhalb des Lichtkegels etwas zu erkennen.

Obwohl sie den linken Blinker betätigt hatte, lenkte sie trotzdem nach rechts, um bei der am Straßenrand Stehenden anzuhalten. Sie ließ das Fenster an der Beifahrerseite herunter.

»Verzeihung«, entschuldigte sich die Frau draußen, »ich habe an Ihrem Blinken gesehen, dass Sie auf die Autobahn wollen. Fahren Sie zufällig Richtung Salzburg? Mein Wagen springt nicht mehr an.«

Vera nickte. »Ja, ich bin nach München unterwegs. Wo müssen Sie denn hin?«

»Ein Kollege würde mich beim McDonald's an der Ausfahrt Bergheim bei Salzburg abholen. Wir haben morgen Vormittag ein wichtiges Meeting, für das wir noch etwas zu arbeiten haben.«

Vera beugte sich zur Beifahrertür hinüber und öffnete sie. »Steigen Sie ein. Da komme ich sowieso vorbei.«

Die Frau nahm mit erleichtertem Gesichtsausdruck neben Werners Tante Platz. »Hallo, ich bin Ruth. Danke, das ist sehr nett. Sie retten mich und wahrscheinlich auch unseren Job.«

»Aber gerne doch. Bitte schnallen Sie sich an.«

»Natürlich. Aber ich muss Sie warnen, ich bin eine schlechte Beifahrerin.«

Scherzhaft ging Vera darauf ein. »Das sagen Sie erst jetzt? Wo wir schon auf dem Weg zur Autobahn sind?«

Ruth fischte aus ihrem Rucksack einen Müsliriegel. »Möchten Sie auch einen? Ich hatte heute noch keine Zeit, etwas zu mir zu nehmen.«

»Danke, nein. Ich habe zu Hause genug gegessen. Sind Sie aus Süddeutschland? Ihr Akzent verrät jedenfalls, dass Sie keine Österreicherin sind.«

Die Frau lachte, biss in ihren Snack und sprach mit vollem Mund weiter. »Ja, das kann ich nicht verheimlichen. Aufgewachsen bin ich in Tübingen, das ist südlich von Stuttgart. Ich arbeite im Transportwesen und habe ein logistisches Konzept mitentwickelt, das wir morgen in Freilassing präsentieren möchten. Bin dabei, mich selbstständig zu machen. Aber was rede ich, das ist ja für Sie sicherlich alles langweilig.« Sie steckte die knisternde Verpackung in ihren Rucksack. Dabei vibrierte ein Telefon, das sie herausnahm, überprüfend betrachtete, den Anruf ablehnte und das Gerät zwischen ihre Beine schob, als würde sie sich daraufsetzen wollen. »Erzählen Sie doch, was Sie nach München führt. Ich bin mir sicher, Ihr Vorhaben ist um einiges interessanter.«

Vera reihte sich in die rechte Spur einer Baustellenverengung ein, eine der vielen, die nach ihrem Dafürhalten nie fertig wurden oder nur Kilometer für Kilometer weiterrutschten. »Ja, einen kleinen Moment, stört es Sie, wenn ich kurz laut telefoniere? Habe vergessen, jemanden über meine Abwesenheit zu informieren.«

»Nein, natürlich nicht. Machen Sie nur. Kann ich Ihnen mit dem Telefon behilflich sein?«

Vera verneinte und aktivierte die Spracherkennung: »Werner anrufen!«

Eine automatisierte Stimme antwortete: »Verbinde mit Werner auf dem Handy.«

Es klingelte dreimal, bevor jemand abhob.

»Ja, Tantchen, was ist denn? Ich habe jetzt echt keine Zeit.«

»Tschuldige, habe vergessen, Jakob zu sagen, dass ich bis Donnerstag in München bin. Also keine Wäsche nach Palmsdorf bringen. Melde mich wieder, wenn ich da bin.«

»Okay, sage ich ihm ...«

»Werner, stimmt es, was sie im Radio gesagt haben, dass es in Unterach einen Toten bei einem Brand gab?«

»Ja, leider. Aber ich kann jetzt echt nicht reden. Bin wieder bei einem Feuer. Bis bald.«

Schon war die Verbindung gekappt.

»Mein Neffe ist bei der Polizei, und wir haben am Attersee einen Feuerteufel. Wahrscheinlich wieder ein junger Feuerwehrmann. Ist ja nicht das erste Mal. So etwas hört man immer wieder.«

»Ja, echt schlimm. Passiert leider überall. Ein Bekannter meiner Familie hat durch so einen Brandanschlag sein Haus verloren. Aber sprechen wir über Erfreulicheres. Was machen Sie in München?« Die Frau drückte erneut auf das Telefon, das abermals zu vibrieren begonnen hatte.

Auf den wenigen Kilometern zwischen St. Georgen und Salzburg erzählte Vera, dass sie Mitglied bei einer Nacktanztheatergruppe sei und sich auf die Proben in München freue. Am Mittwochabend sei eine Aufführung. »Tag, Nacht, Tag«

hieße das Programm, in dem sie mit echt coolen Lichteffekten arbeiteten. Ihren Künstlernamen Emitit habe sie nach einem jüdischen Wort selbst abgewandelt, und mit den Performances würde die Gruppe natürlich immer wieder provozieren. »Nacktheit regt auf! Wir sollen Kinder verschrecken?«, echauffierte sie sich. »Ich sag Ihnen, Kinder können mit nackten Körpern viel freier und unbeschwerter umgehen. Viele Erwachsene haben damit Probleme. Aber die Kriege auf dieser Welt, die Nachrichten voller blutgetränkter Bilder, die mutet man den Kindern zu. Ist nicht unsere Welt verkehrt? Ist es nicht …«

Die Frau unterbrach sie: »Ich denke, Sie sollten sich hier einreihen, wir sind gleich da.«

Vera riss das Lenkrad nach rechts. »Gut, dass Sie aufgepasst haben. Wenn ich zu reden beginne, nimmt es meist kein Ende. Ich hoffe, ich habe Sie nicht gelangweilt.« Unterhalb des Gebäudes der Fastfoodkette hielt sie an.

»Aber nein, liebe Vera. Vielen Dank. Ich wünsche Ihnen eine tolle Zeit in München und viel Erfolg bei der Aufführung.«

Zehn Minuten später wurde Vera am Walserberg, dem österreichisch-deutschen Grenzübergang, von bewaffneten Polizisten angehalten. »Raus aus dem Wagen«, forderte sie der eine auf, und sie gehorchte. »Können Sie sich ausweisen?«

Sie war erschrocken über die rohe Gewalt, die ihr nonverbal angedroht wurde. Zwei Faustfeuerwaffen und ein Maschinengewehr waren auf sie gerichtet.

»Natürlich kann ich mich ausweisen, aber dazu müsste ich wieder in den Wagen hinein.«

Die Männer sahen mit ihren schwarzen Uniformen ganz anders aus als ihr Neffe. Sicherlich gehörten sie einer Spezialeinheit an.

»Öffnen Sie bitte den Kofferraum«, wurde sie angewiesen.

Langsam bewegte sie sich zur Rückseite ihres Fahrzeuges und ließ die Heckklappe nach oben schnellen. Ein Koffer und eine kleine Umhängetasche kamen zum Vorschein. »Würden Sie bitte die Waffen runternehmen? Oder wirke ich alte Frau etwa bedrohlich?«

Ohne auf ihren Einwand einzugehen, forderte der kleinere der beiden Beamten sie auf, zur Seite zu treten. Er kramte in ihren Sachen herum, versuchte, etwas zu finden, was nicht da war. Vera hoffte, dass er nicht die beiden vorgerollten Shit-Zigaretten entdecken würde, die sie in ihrer Metallschatulle neben den anderen Glimmstängeln platziert hatte. Nur ein paar Meter weiter, auf bundesdeutschem Boden, wären sie kein Problem mehr, dachte sie irrtümlich. Denn als Österreicherin war selbst in Deutschland der dort erlaubte Haschischkonsum für sie verboten. Sie versuchte sicherheitshalber, den herumstöbernden Beamten abzulenken.

»Können Sie mir bitte erklären, was Sie suchen? Sehe ich vielleicht wie eine Verbrecherin aus?«

»Wir gehen einer möglichen Entführung nach, und das Telefon der gesuchten Person sollte sich laut Ortung in diesem Fahrzeug befinden.«

Ein weiterer Beamter öffnete die Beifahrertür und suchte im Wageninneren weiter.

»Ich hab's! Unter dem Sitz!«

Im Lichtkreis der enormen Beleuchtung sah Vera den Triumph in seinen Augen aufblitzen. »Aber … aber … das ist doch das Handy von Ruth!«

Soeben leuchtete das Display des stumm geschalteten Telefons wieder auf, und der Name »Werner« wurde angezeigt.

42.
SONNTAGNACHT, GEGEN 21 UHR

Unterach am Attersee

Werner war seit einer Stunde am Telefon, um alle Möglichkeiten auszuschöpfen, seine Freundin Ingeborg lebend aufzufinden.

Er konnte einfach nicht glauben, dass seine Tante die Mörderin nach Salzburg gebracht und dabei auch noch mit ihm telefoniert hatte. Soeben war er darüber informiert worden und hatte sofort die Kollegen in St. Georgen angerufen. Seine Tante durfte indes mit dem Zug weiter nach München fahren, ihr Fahrzeug war als Beweismittel vorübergehend beschlagnahmt worden.

»Vera Hubinger hat die Gesuchte bei euch an der Autobahn aufgenommen. Bitte seht bei den vielen Parkplätzen nach, ob die Wahnsinnige den Peugeot dort abgestellt hat. Vielleicht finden wir dann Hinweise, wo Ingeborg sein könnte. Kennzeichen und Farbe des Wagens habe ich euch bereits übermittelt. Und gebt mir gleich Bescheid, wenn ihr was habt. Bitte!«

Er legte das Smartphone zur Seite und blickte verzweifelt Mario an, der genauso wie er für den brenzligen Geruch in der Polizeiinspektion verantwortlich war.

»Ich geh duschen«, sagte er zu seinem Kollegen. »Halt bitte die Stellung. Nach mir kannst du dir den Brandgeruch abwaschen. Wir müssen echt wie Räucherspeck duften.«

Er ging ins Bad, legte das Telefon kurz ab, um sich auszuziehen und es gleich darauf wieder aufzunehmen. Setzte sich zur Erleichterung auf die Toilette und sah die Nachrichten durch, die er seit der Reise auf die ionische Insel nicht mehr gecheckt hatte.

Es waren hauptsächlich Anfragen von Journalisten zwecks Interviews, und eine Fernsehanstalt hatte ihn sogar darum gebeten, den Tanz zur Musik von Parov Stelar auf dem Boot nochmals für die Kamera nachzustellen. Obwohl er versucht hatte, diesbezüglich keine Gespräche über sein privates Telefon zu führen, hatten ziemlich viele Redakteurinnen und Redakteure seine Nummer herausgefunden.

Und dann entdeckte er eine Nachricht von jemandem, dem er seine Rufnummer bewusst übermittelt hatte. IT-Beni. »Schwieriger als gedacht. Hat in ihrer Familie anscheinend vor über 10 Jahren einen Todesfall gegeben. Bin noch am Nachforschen. Genaueres in den nächsten Tagen. ITB«

Dazu würde es leider nicht mehr kommen. Werner war sich klar darüber, dass er die Leute von der Kriminalabteilung über seinen Kontakt zu Benno informieren musste. Über den Auftrag, zu Helenas Vorleben in Deutschland und Griechenland zu recherchieren. Solange die Gesuchte – Beatrice, Ruth oder wie auch immer sie hieß – nicht dingfest gemacht worden war, könnte sogar er als Verdächtiger ins Auge gefasst werden.

Obwohl er immer noch gedankenverloren mit heruntergelassener Unterhose auf der Toilette sitzend das Telefon in seinen Händen betrachtete, schreckte ihn der Klingelton auf. Den Bruchteil einer Sekunde vor dem Läuten erschien meist der Name der anrufenden Person auf dem Display. Er war verwundert, das Wort »Alexandros« zu lesen. Dafür, es auf »Alex« zu ändern, hatte er sich bisher nicht die Zeit genommen, auch wenn es mit dem Drücken ein paar weniger Tasten erledigt gewesen wäre.

»Hallo, Alex«, begrüßte er seinen Ziehsohn. »Alles in Ordnung bei euch? Ist schon reichlich spät für einen Anruf!«

Ungeübt, mit Werner zu telefonieren, stotterte der Junge anfangs etwas herum. »Ja … äh … alles okay. Heute … heute Nachmittag ist Gerda allein mit dem Bus nach … nach Schörfling gefahren.«

Werner versuchte, ihm mit übertriebener Aufmerksamkeit mehr Sicherheit über die Leitung zu vermitteln. »Echt jetzt? Sprichst du von dem Hund?«

Die gewünschte Wirkung setzte ein, und Alex erzählte mit belustigter Stimme von der Verfolgungsjagd mit Jakobs Auto.

»Und wo ist Gerda jetzt?«, fragte Werner abschließend, immer noch nicht darüber informiert, dass der Golden Retriever in Zukunft abwechselnd in zwei Haushalten leben sollte.

»Bei Jakob.«

Kurze Stille. Ein Räuspern.

»Werner, ist das okay für dich, wenn … wenn … ich Jakob … deinen Vater, als so etwas wie … wie meinen Großvater betrachte? Ich mag ihn, er ist lustig.«

Die verzweifelte Suche des Jungen nach einer Familie, die ihm erst bei diesem Taufausflug auf Korfu bewusst geworden war, rührte Werner erneut. »He, Junge, klar doch. Wenn ich schon dein österreichischer Wunschvater bin, brauchst du auch einen Opa. Nur mit einer Oma kann ich nicht mehr aushelfen. Cool, wie du das machst.«

Alex lachte erfreut.

»Aber jetzt sollten wir das Gespräch beenden, du musst schlafen … Morgen ist Schule.«

»Werner, stimmt das, was *Mamà* im Radio gehört hat? Dass bei euch jemand gestorben ist?«

»Ja, leider, schlimme Sache, war nicht schön. Aber damit solltest du dich nicht beschäftigen.«

»Geht es dir gut? Weil … weil du keine Toten magst.«

»Alles bestens, Alex. So, ich muss jetzt wieder arbeiten. Danke für deinen Anruf. Hat mich wirklich gefreut. In ein paar Tagen bin ich wieder bei euch, dann können wir weiterquatschen. Schlaf gut!«

Werner wischte sich über die Augen, in denen das Wasser der Rührung stand. Diese warmherzige Ehrlichkeit des Jungen und das Bedürfnis nach Zuneigung erweckten in ihm Gefühle, mit denen er erst lernen musste umzugehen. Und er spürte, dass dies ein lang gesuchtes Puzzleteil war, das zu seinem geliebten Zustand des Seelenfriedens zu passen schien. Er, der Erwachsene, sollte sich um das Wohl des Kindes sorgen, ihm bei seinen Bedürfnissen und Problemen helfen, und nicht umgekehrt, was ihm das Telefonat soeben verdeutlicht hatte. Unter der Dusche huschten seine Gedanken ob der Erlebnisse dieses Wochenendes unstet umher.

43.
SONNTAGNACHT

St. Georgen

Jedes Mal, wenn sie unter dem Leintuch, in das sie eingewickelt war, etwas von außen hörte, versuchte sie, sich bemerkbar zu machen, was nur mit Klopfgeräuschen der Füße und Wimmern möglich war. Der Slip in ihrer Mundhöhle ließ sich trotz aller Versuche mit ihrer Zunge nicht vollends hinausschieben. Sie hatte ihn zumindest so platzieren können, dass er nicht ständig einen Brechreiz hervorrief. Denn ihre größte Angst bestand darin, ansonsten an ihrem eigenen Erbrochenen zu ersticken.

Der Kampf, sich zu befreien und eine möglichst gleichmäßige Atmung zu finden – Yoga sei Dank –, führte zu einer Ermüdung und dadurch zu drohenden Sekundenschläfen, die sie sich aber nicht gestatten wollte. Die Befürchtung, eine mögliche Befreiung zu verpassen oder durch Atembeschwerden im Schlaf bewusstlos zu werden und nicht mehr aufzuwachen, verbot ihr, sich einem erlösenden Schlaf hinzugeben.

Sie ließ die Tage mit Beatrice Revue passieren. Dachte nach, ob sie vorher hätte erkennen können, dass sie eine Verbrecherin beherbergte. Über die Umstände von Bennos Tod, wenn es denn stimmte, wusste sie nichts und verdrängte den Gedanken daran vorerst, da ihre eigene Rettung dringlicher war. Musste sie, wenn sie gerettet wurde, erklären, warum sie nackt in ihrem eigenen Leintuch verpackt war? Dass sie mit einer Mörderin mörderischen Sex gehabt hatte? Würde sie sich das jemals selbst verzeihen können? Ingeborg versuchte, die Tränen genauso zurückzudrängen wie den Brech- und Harndrang.

Sie hörte erneut einen Wagen heranrollen. Türenschlagen, Rufe, die sie nicht genau verstehen konnte.

»Hallo! Ist da jemand in dem Wagen?«

Sie versuchte zu schreien, sich wie eine Raupe aufzubäumen und mit den bloßen Füßen gegen das Metall ihres Gefängnisses zu schlagen.

»Hierher! Ich höre etwas im Kofferraum.«

Ingeborg vernahm, wie jemand die Heckklappe öffnete, und erblickte helles Licht durch den weißen Stoff. Jemand schob das Laken von ihrem Kopf.

»Sie lebt!«, sagte eine Männerstimme und kurz darauf eine weibliche: »Sind Sie Ingeborg Haslinger?«

Sie konnte nicht erkennen, wer ihr den Slip aus dem Mund nahm, denn das Licht der Taschenlampe blendete sie.

Sie hustete, brachte krächzend ein »Ja« heraus. Hände griffen nach ihr, wollten sie aufrichten oder hochheben.

»Bitte … Moment … ich bin … unbekleidet …«

»Eric, ruf einen Rettungswagen, ich kümmere mich um sie.«

Der Mann legte die Taschenlampe ab, entfernte sich und sprach weiter entfernt mit jemandem.

Sanfte Hände berührten ihre Schulter und versuchten vorsichtig, den Stoff weiter nach unten zu schieben. »Keine Angst. Ich heiße Tanja. Ich bin Polizistin. Sind Sie verletzt? Die Rettung ist bereits verständigt.«

Ingeborg versuchte zu verneinen, brachte aber kein Wort heraus, stattdessen bemächtigten sich ihrer die Tränen, die nun endlich, ohne Gefahr zu bedeuten, aus ihr herausströmen durften.

Tanja setzte sich an den Rand des Kofferraumes, beugte sich zu ihr hinunter und legte ihr schützend die Hand in den Nacken, bis der Weinkrampf abklang.

»Sollen wir gemeinsam versuchen, Sie aus diesem Kokon zu befreien? Vorerst können Sie sich mit dem Stoff trotzdem bedecken. Ich bleibe bei Ihnen, bis die Rettung da ist, wenn Sie das möchten.«

Dankbar nickte Ingeborg. »Ja … bitte … danke.«

Langsam zog die junge Polizistin an dem Leintuch, um es der Geretteten zu ermöglichen, sich selbst in ihrem Tempo und ohne sich zu stoßen zu entrollen.

Ingeborg war sich klar darüber, dass ihr nackter Körper kauernd in einem Kofferraum für die junge Beamtin ein seltsames Bild abgeben musste. Befreit, auf allen vieren in ihrem eigenen Wagen, fühlte sie sich wie ein Welpe oder ein Kätzchen, das hilflos aufgefunden worden war und von dem niemand wusste, was damit anzufangen war. Sie griff nach dem Stoff, der sie so lange gefangen gehalten und umgarnt hatte.

Sie spürte die Kälte und den einsetzenden Regen, die sich beide unbarmherzig über sie hermachten. Wusste nicht, ob sie zuerst aus dem Fahrzeug klettern oder ihre Blöße bedecken sollte.

»Es ist außer mir niemand da. Ich helfe Ihnen raus.«

Tanja stützte sie und schlug sofort das Leintuch über die zitternden Schultern. Ein einmalig einsetzender Signalton kündigte die Ankunft des Rettungswagens an, der direkt neben ihnen zum Stehen kam.

Ingeborg war froh, auch hier von einer Sanitäterin behutsam aufgenommen zu werden. Sie war verblüfft, wie ihr die Entführung, die Hilflosigkeit, dieses Gefühl des Ausgeliefertseins zugesetzt hatten. Sie war im Normalfall nicht schamhaft, besuchte auch jede Woche eine öffentliche Sauna, doch plötzlich war ihr Weltgefüge, ihre eigene Wahrnehmung auf den Kopf gestellt.

Bevor der Rettungswagen abfuhr, versicherte ihr Tanja, dass sie in guten Händen sei und dass sich um alles gekümmert werde. Um den Wagen, ihr Haus und um persönliche Dinge, sie brauche sich um nichts zu sorgen. Außer um sich selbst.

Wieder gegen die Tränen ankämpfend, streckte Ingeborg den Arm aus und drückte dankend den von Tanja.

Eric trat zu seiner Kollegin, und beide blickten dem sich entfernenden Wagen nach, der sich langsam mit Blaulicht, jedoch ohne Signalhorn Richtung Autobahn bewegte.

»So ein Schwein! Ich hoffe, sie haben ihn erwischt!«

Tanja wischte mit zwei Fingern eine Träne von ihrer Wange.

»Angeblich war es eine Frau und kein Mann«, erwiderte Eric, der sein Diensthandy aus der Tasche zog.

»Dann ist sie eine blöde Drecksau. Ist ja fast noch schlimmer, dem eigenen Geschlecht so etwas anzutun.«

Sie drehte sich zum Peugeot, der sichergestellt werden sollte. Ihr Kollege hatte die Nummer der Polizeiinspektion Unterach gewählt.

»Werner? Hier Eric, aus St. Georgen. Wir haben deine Freundin gefunden. Wie du vermutet hast, war sie im Wagen. Die Rettung bringt sie gerade nach Vöcklabruck. Was? … Nein, sie dürfte unverletzt sein. Gebe dir später noch genauer Bescheid.«

In dieser Nacht hatte Werner keine Ruhe zum Schlafen finden können, im Gegensatz zu seinem Kollegen Mario, der friedlich mit geschlossenen Augen vor sich hin grunzte. Er führte ein ungewohnt langes Gespräch mit Helena. Erzählte ihr von seiner Freundschaft zu Ingeborg, ihrer selbstlosen

Hilfsbereitschaft. Bat sie, mit ihm zu dem Haus in Stockwinkel zu fahren, um Kleidung und persönliche Dinge zu holen und sie im Krankenhaus zu besuchen oder sie dort abzuholen, sollte sie bereits nach Hause dürfen.

Er berichtete ihr von dem dicken Beni, ohne den erteilten Auftrag zu erwähnen, von seiner Panikattacke, die er erfolgreich abwenden konnte. Erklärte ihr, dass er sich wahnsinnig über den Anruf von Alex gefreut habe und dass er sie, Helena, über alles liebe und sie keinen Grund habe, eifersüchtig zu sein. Ja, und dass sie nicht verabsäumen sollte, ihm bald zu erklären, warum sie ihrem Sohn den Vater und seine Großeltern vorenthalte.

Diese Bitte führte zu einem schnelleren Ende des Gesprächs, als von ihm gewünscht.

44.
MONTAGFRÜH

Unterach am Attersee

»Guten Morgen, die Herren.«

Jürgen betrat beschwingt den Aufenthaltsraum, in dem Mario und Werner mit ihren Kaffeetassen am Tisch saßen.

»Oje, da hat einer nicht gut geschlafen, obwohl er so berühmt ist. Unser YouTube-Star macht weiter Schlagzeilen. Und wir müssen alles aus der Zeitung erfahren. Das geht so nicht, Herr Kollege.«

Er setzte sich lächelnd zu ihnen und knallte zum zweiten Mal innerhalb von 24 Stunden eine aufgeschlagene Zeitung auf die weiß lackierte Tischplatte.

MONTAGS-AUSGABE DES PRINTMEDIUMS
SALZKAMMERGUT REPORT
RUBRIK: MENSCHEN AUS DER GEGEND

Bekannter Polizist vom Attersee
wird zum Lebensretter!

Schörfling am Attersee – Nur wenige Wochen, nachdem er als Internetstar bekannt wurde, hat der Polizist Werner Adler erneut für Schlagzeilen gesorgt, diesmal jedoch durch den heroischen Akt einer Rettung. Der 43-jährige Gruppeninspektor, der kürzlich, wie bereits berichtet, durch ein virales Video auf YouTube weltweite Bekanntheit erlangte, hatte einem älteren Passagier das Leben gerettet, als dieser auf einem Flug von Korfu nach Salzburg einen Herzinfarkt erlitt.

Der Vorfall ereignete sich während des Landeanflugs auf den Salzburger Flughafen, als ein pensionierter Grieche, der Verwandte in Österreich besuchen wollte, plötzlich zusammenbrach. Ohne zu zögern und ungeachtet eines strengen Verbots, sich während der Landung zu erheben, eilte Werner Adler dem Mann sofort zu Hilfe und begann mit lebensrettenden Wiederbelebungsmaßnahmen.

»Es war reiner Instinkt«, erklärte Adler später. »Ich konnte nicht tatenlos zusehen, während jemand in Not war.« Dank seines schnellen Handelns und seiner entschlossenen Reaktion konnte der Passagier wiederbelebt und stabilisiert werden, bis medizinisches Personal an Bord eintraf und weitere Hilfe leistete.

Dieser beeindruckende Akt der Selbstlosigkeit und Tapferkeit zeigt einmal mehr das außergewöhnliche Engagement von Werner Adler für die Sicherheit und das Wohlergehen anderer. Es ist bemerkenswert zu sehen, wie jemand, der sich erst kürzlich als Internetstar wiederfand, nun auch im echten Leben als Held gefeiert wird.
Wir hoffen, dass der Polizist für seine mutige Tat die Anerkennung erhält, die er verdient. Der Sohn des

Geretteten, der in Mayrhofen im Zillertal ein griechisches Restaurant führt, möchte nach der Gesundung seines Vaters beide Männer zusammenbringen. Er sei dem Polizisten zu Dank verpflichtet und möchte ihn mit Familie ins Zillertal einladen. Wir werden weiterhin über die Entwicklungen in dieser bemerkenswerten Geschichte berichten!

Werner las schmunzelnd den Zeitungsartikel mit einem Foto, das ihn von hinten bei den Rettungsmaßnahmen zeigte. Das Bild entsprach dem Datenschutz, da keine Person erkenntlich war. Lediglich an das Interview konnte er sich nicht erinnern, aber da hatte er seinen Vater in Verdacht, der ja unaufgefordert zu seinem Medienberater aufgestiegen war.

Er war erstaunt, dass das Beschriebene nicht einmal 24 Stunden zurücklag. Ihm kam es vor, als wäre seither mindestens eine Woche vergangen.

Er war erleichtert, dass der Mann tatsächlich überlebt hatte und er ihm hoffentlich bald würde gegenübersitzen können. Freute sich auf die Einladung ins Restaurant, da ihm die mediterrane Küche ans Herz gewachsen war.

Trotz der tragischen Ereignisse dieses Wochenendes hatte er ebenso berührende und bereichernde Momente erleben dürfen, die seiner Vorstellung von Seelenfrieden entsprachen. Ja, er konnte es kaum erwarten, allein mit dem Boot auf den Attersee hinauszufahren, einen Schluck von einem guten Whisky zu sich zu nehmen und genüsslich eine Packung Gummibärchen zu verzehren, die er vorher allesamt nach Farben sortieren und jeden einzelnen mit den Vorderzähnen halbieren würde.

Er war glücklich, einen Sohn gewonnen zu haben, für den er sich in Zukunft vehement einsetzen würde. Mehr, als ihm lieb war.

Doch das konnte er noch nicht wissen, das stand in den Sternen oder auf der glitzernden Oberfläche des größten österreichischen Binnensees.

SOUNDTRACK

Zu diesem Buch gibt es einen Soundtrack aus den verschiedensten Musikgenres. Auf YouTube können Sie die Playlist unter »Weidinger Erich« und »Seelenglut« finden – dort sind beinahe alle Titel zu hören, die ich hier zu den einzelnen Kapiteln aufgelistet habe:

1 – »Catgroove«, Parov Stelar (2009)

2 – Griechisch-orthodoxer Kirchengesang; da nur die menschliche Stimme Gott huldigen soll, gibt es keine instrumentale Unterstützung, und meistens wird auch die ursprüngliche Einstimmigkeit im Gegensatz zu anderen christlichen Chorälen beibehalten. Ein sehr schönes Beispiel: »Agni Parthene« (»Heilige Maria«)

3 – »Angry«, Rolling Stones (2022)

5 – »Night On Fire«, Reckless Love (2013)

7 – »Feuerwehr Sam«, Titelsong der Kinder-TV-Serie und der Hörbücher

8 – »San Sfyrixis Tris Fores« (»Wenn du dreimal pfeifst«), komponiert von Manos Hadjidakis, ist ein Lied, das Nana Mouskouri 1961 für einen Dokumentarfilm eingesungen hatte und das für andere Länder textlich umgeschrieben wurde

10 – »Ich fahre mit dem Auto«, Minisex (1982)

13 – »Ta Matoklada Sou Lampoun« (»Deine Augenlider strahlen«), ein berühmtes Rembetiko-Lied von Márkos Vamvakáris (1960)

14 – »Hero«, Nickelback; Titelsong des Filmes »Spiderman« (2002)

21 – »The Girl in the other Room«, Diana Krall (2004)

22 – »Stumblin' In«, Cyril (2023); Remix des Popklassikers von Suzie Quatro und Chris Norman (1978)

25 – »Thats My Desire« und »Love me or leave me«, Nana Mouskouri; aus dem Jazzalbum »Nana Mouskouri in New York« (1962)

25 – »Stayin' Alive«, Bee Gees; aus dem Film »Saturday Night Fever« (1977)

26 –»Dreamin While You Sleep«, Genesis (1991)

32 –»Another Way to Die«, Alicia Keys & Jack White; aus dem Bond-Film »Ein Quantum Trost« (2008)

39 – »Light My Fire« von Erma Franklin; eine weitgehend unbekannte Version des Klassikers von den Doors (1969)

DANKSAGUNG

Danke für die ärztliche Beratung und Mitarbeit:
Dr. Paul Weidinger

Danke für die Infos über polizeiliche Belange:
Alexander Geyrhofer und den Polizistinnen und Polizisten der Polizeiinspektion Unterach am Attersee

Danke den Frauen und Männern der Freiwilligen Feuerwehr, vor allem den Kommandanten, die ich mit meinen speziellen Fragen löchern durfte und die es mir ermöglichten, auch vor Ort zu recherchieren:
Freiwillige Feuerwehr Unterach – Kom. Walter Höllermann
Freiwillige Feuerwehr Buchenort – Kom. Martin Märzinger
Freiwillige Feuerwehr Seewalchen a. Attersee – Kom. Christian Mayerhofer

Danke an alle ehrenamtlichen Mitarbeiterinnen und Mitarbeiter des Österr. Roten Kreuzes am Attersee, die mir immer wieder meine detailreichen Fragen beantworten.

Danke an Daniel Rossgatterer (Secutec) für den Einblick in das Darknet.

Danke an die nette Verkäuferin in Korfu Stadt, die mir viele Produkte zur Taufe gezeigt und erklärt hat, obwohl sie wusste, dass ich nichts kaufen würde.

Danke allen Einwohnerinnen und Einwohnern von Unterach am Attersee, die mich als Nordländer wie ihresgleichen aufgenommen und mich bei der Recherche hilfreich unterstützt haben.

Danke an Silvia Aumair, Beate Maxian, Ilse Retzek, Maria Weidinger, Elmar Wimmer und all meinen Freundinnen und Freunden, die mich in irgendeiner Weise unterstützt haben und hier aus Platzgründen nicht aufgezählt werden können.

Danke dem Gmeiner-Verlag, der an diese Reihe glaubt, und meiner Lektorin Susanne Tachlinski, die dem Text den nötigen Schliff verpasst hat und mir immer wieder unendliche Geduld entgegenbringt.

Großer Dank gebührt meiner lieben Frau, Andrea Weidinger. Sie ist meine größte Kritikerin und hat sich all meine Ideen und gedanklichen Exkurse in mögliche und unmögliche Richtungen anhören müssen. Ohne sie gäbe es dieses Buch nicht.

Weitere Titel finden Sie auf den folgenden Seiten und im Internet:

WWW.GMEINER-VERLAG.DE

Alle Bücher von Erich Weidinger:

»Grüße Gustav« – Gustav Klimt, persönliche Momente
ISBN 978-3-8392-2318-5

Mords-Wasserkraft
ISBN 978-3-8392-1607-1

Mords-Zillertal
ISBN 978-3-8392-1249-3

Landpolizist Werner Adler ermittelt:

1. Fall: Seelenfriede
ISBN 978-3-8392-0414-6

2. Fall: Seelenblick
ISBN 978-3-8392-0194-7

3. Fall: Seelensturm
ISBN 978-3-8392-0508-2

4. Fall: Seelenglut
ISBN 978-3-8392-0730-7

Weitere:

Hrsg. mit Jeff Maxian: Mords-Salzkammergut
ISBN 978-3-8392-1841-9

Sissis Seitensprünge & Ischler Rosen
ISBN 978-3-8392-1678-1